구텐탁, 동백아가씨

정우련 산문집

구텐탁, 동백 아가씨

산지니

차례

1
부

아침 숲길을
걸으며

500마일즈보다 멀리

···

산촌마을 산책길에서 흥얼거리던 노래가 작업실에까지 따라 들어왔다. 피터 폴 앤 메리가 부른 〈500마일즈〉이다.

"―100마일보다 멀리/200마일보다 멀리/300마일보다 멀리/400마일보다 멀리/500마일보다 멀리 떠나왔네./내 집에서―"

우리의 아리랑 같은 미국 민요풍의 이 단순한 곡조를 따라 흥얼거리면 고향 떠나온 방랑자의 애수가 느껴진다. 대공황 당시 '고향이 그리워도 못 가는 신세'였을 한 떠돌이 노동자의 애환을 담은 노랫말이 가슴을 아릿하게 파고든다. 어린 날의 그 집을 떠난 이후, 또는 그 어딘가로부터 돌아갈 수 없이 멀리 와버렸구나, 하는 그런 아련한 느낌. "파입 헌드렛 마일즈, 파입 헌드렛 마일즈, 파입 헌드렛 마일즈, 파입 헌드렛 마일즈~" 하는 이 쉽고도 단순하게 반복되는 가사를 가만히 흥얼거리노라면 옛날 생각이 난다.

버스를 타고 가다 처음 이 노래를 들었을 때, 나는 아직 스물두 살이었고, 먼 친척 언니네에서 입주과외를 하고 있었다. 국립대학 앞에서 사진관을 하던 언니네는 초등학생 아들만 셋이었다. 주말도 없이 밤낮으로 억척스레 일한 대가로 그들은 도시 근교에 아담한 2층 단독주택을 샀다. 언니는 새벽부터 일어나 마루며 내 방이 있는 2층으로 오르는 나무계단을 몇 번씩이나 걸레질하곤 했다. 그 환한 얼굴이 떠오른다. 조용한 할머니께서 아이들을 돌보아주었으므로 아이들의 숙제며 공부를 봐주는 것이 내 일이었다. 아이들도 잘 따랐고 2층 내 방 창밖으로 보이는 호숫가의 풍경은 고즈넉했다. 아이들이 학교에 가고 나면 온전히 내 시간이었다. 그것이 참 한갓졌다.

단 하나, 안타까운 것은 그즈음 한창 매료되어 있던 피아노를 칠 수 없다는 것이었다. 피아노 교사였던 고종사촌의 집과 너무 멀어져버려서 피아노를 치러 갈 엄두가 나지 않았다. 종이건반으로도 즐거웠던 어린 시절은 가버린 지 오래였다. 한갓진 시간이 그럴 수 없이 아까웠다. 피아노만 있다면 더없이 좋을 텐데. "피아노를 사자." 홀린 듯 피아노 대리점으로 갔다. 직원이 열심히 피아노를 권했지만 내겐 돈이 한 푼도 없었다. 24개월 할부를 좀 더 연장해달라고 사정을 해서 할부카드에 사인을 했다. 남의 집에 고용된 내 주제를 망각하고 무슨 짓을 저질렀는지 미처 깨닫지 못한 채. 걸핏하면 쌈박질인 남자 아이들에게 피아노를 가르쳐보면 어떨까. 언니도 좋아할 것 같았다.

그때까지도 나란 인간은 내 소유의 물건이라곤 기껏해야 책이나 LP판 정도가 전부일 정도로 뭘 사본 적이 없었다. 어릴 때는 가난한 집에서 눈치가 빤해 뭘 사달라고 졸라본 적이 없었고, 좀 커서는 불교를 만나 물질의 공허함을 지레 이해했다. 수학여행 가서 그 흔한 기념품 하나 산 적이 없었으니까. 그런 내가 무슨 손목 시계도, 만년필도 아닌 피아노를 덜렁 사버렸으니. 지금 생각해도 대책 없는 선택이었다. 앞뒤 분간 못 하고 일을 저지르고 나니 정작 골치 아픈 문제는 그다음이었다. 친척 언니에게 미처 상의도 못 한 채 피아노가 배달돼버렸다. 2층으로 오르는 계단까지 들어올린 피아노가 방문으로 들어가지 못하고 도로 내려올 땐 정말이지 아찔했다. 피아노가 커서 방문을 떼어낸다 해도 들어갈 각도가 나오지 않았다. 피아노를 분해할 수밖에 없었다. 집 안이 분잡해지자 앞이 캄캄했다. 두어 시간이 마치 한 달처럼 길게 느껴졌다. 할머니가 그 정신없는 광경을 지켜보다 조용히 안방으로 들어가 언니에게 고자질을 해버렸다. 언니가 득달같이 달려왔다. 피아노를 운반하다 마루며 계단에 군데군데 긁힌 자국이 왜 그렇게 선명히 보이던지. 언니가 닦고 또 닦던 새집이었다. 화가 난 언니가 이 층 방에 놓인 피아노를 보더니 말했다. 사정이 딱한 줄 알고 데려다 놨더니 피아노 살 정도면 나보다 낫네. 뭐라고 해명할 틈도 없었다. 사실상 해고였다. 눈앞이 캄캄했다. 매달 입금될 과외비를 믿고 저지른 할부며 그렇게 힘들게 들여놓은 피아노를 다시 분해해서 아래층으로 끌고 내려갈 일이 꿈만 같았다. 어쨌든 내 불찰이었다.

자취방을 구하기 위해 작은집이 있던 영도로 가는 버스안에서 처음으로 〈500마일즈〉를 들었다. 라디오에서 흘러나오는 그 노래를 들으면서 나는 버스 손잡이에 매달려 부끄러운 줄도 모르고 울었다.

내 몸뚱이 하나 끌고 다니기도 힘든 판에 덜렁 끌어안아버린 그 골칫덩어리의 육중한 피아노. 이후 잦은 이사 때마다 애물단지가 되긴 했지만, 오랫동안 내 곁을 지켜주었다. 젊은 날의 내 앞에는 언제나 힘든 일상이 떡 버티고 있었다. 지쳐 돌아와 세수는커녕 손도 까딱하고 싶지 않은 날에도 피아노가 있는 방으로 돌아가면 거짓말처럼 힘이 났다. 건반을 두드리며 끝도 없이 노래를 부르곤 했다. 피아노는 젊은 날 나의 애인이었고 친구였고 존재의 의미였다.

어느 날, 소설 쓰는 친구 K가 자신의 결혼식 웨딩마치로 내가 자주 치던 리차드 클라이드만의 〈꿈속의 웨딩〉을 쳐달라고 부탁했을 때는 얼마나 신났던지. 아이들이 중학생이 되고 어느 날 빨간 딱지와 함께 사라진 그 피아노는 내 신산한 일상을 지켜준 훌륭한 동반자였다. 이제 그 젊은 날의 집으로부터 500마일보다 더 멀리 와버렸다.

　나의 젊은 날을 지켜주었던 그 피아노는 또 어느 만큼 더 멀리 가버렸을까.

그 여자의 사과나무

...

익산에서 과수원 하는 동창이 사과를 보내왔다.

"우리 사과 맛이 어때?"

노란 얼음이 꽉 밴 사과 속이 정말 달고 시원했다.

"밀양 얼음골 사과 뺨치게 맛있어. 대단하다야, 너."

이 친구, 27년 경력의 성공한 농장주답게, 비료 없이 자연 그대로 키운 자기 사과에 대한 자부심이 컸다.

"우리 대B여상 얼굴에 먹칠 안 할라고 참 열심히 살았다 나."

뜻밖에도, '우리 부모님 얼굴에 먹칠 안 할라고'가 아니라 수십 년 전에 졸업한 대B여상이라니. 세상에 저런 순정한 애교심도 있구나. 그것도 누군가에게는 한참 무시당하는 학교를.

여상 출신들은 굳이 묻지 않으면 여상 나왔단 말을 잘 안 한다. 우리 소설에 등장하는 여상 출신들은 대개 구질구질 하고 추레하게 사는 주변부 인물들이다. 노무현 대통령도 상고 출신이라고 얼마나 무시를 당했던가. 내게도 등단 초기에 '뻥진' 기억이 있다. 모 언론인이 내가 여상 나왔다니까 '정샘도 뭐 별 볼 일 없네요' 하고 사람들 앞에서 대놓고 면박을 주었다. 여상 나온 게 존경받을 일은 아니지만 열등하거나 차별당할 일도 아닌데 말이다.

학교가 대신동에 있던 그 시절, 통학할 때 이웃에 있는 B여고 아이들과 같은 버스를 탔다. 아무도 눈치 주지 않았는데 우리는 B여고 아이들 앞에서 공연히 기가 죽었다. 당시에는 실업계가 1차여서 우리 학교 떨어졌다고 울던 아이들이 인문계에 많이 들어갔는데도 말이다. 학교에 가면 선생님들은 너희 선배들이 얼마나 대단한 사람들인지 아느냐고 사흘들이 세뇌를 시켰다. 너희는 공부를 못해서가 아니라 집안이 가난해서, 또는 전문직으로 일찍 사회진출 하기 위해 여기 왔다. 엘리트 의식을 가지고 공부해라. 내가 좋아한 불교반 지도교사였던 윤리 선생님도 그랬다. 자유의 반대말이 뭔지 아나? 아이들이 구속이라고 대답했다. 아니야, 무지다 무지. 자유의 반대가 독재도 아니고 무지라니. 그 말이 가슴에 콕 박혔다. 우리들의 무지를 깰 수 있는 최적의 장소는 도서실이었다. 대학 입시 부담이 없는 우리는 쉬는 시간 종이 울리면, 보고 싶은 책을 먼저 차지하려고 다다다 발소리를 내며 도서실로 내달리곤 했다. 세상에 나가면 선생님 말씀처럼 자유로우려고. 하지만 사회에 나와서 우리는 본능적으로 깨달았다. 우리 자리는 피라미드의 맨 밑바닥쯤이란 걸.

한 친구가 있었다. 연애하던 대학생에게 B여상이 아니라 B여고를 나왔다고 거짓말을 했다. 영악하지도 못했던 이 친구, 엉겁결에 한 거짓말 때문에 좌불안석하다 제풀에 결별선언을 하고 말았다. 집이 대평동이었던 내게 전화해 남포동으로 불러내서는 처음으로 술 먹고 토하고 울고. 그 술주정을 곱다시 받아줬던 기억이 난다. 축 늘어진 그 친구를 집에 데려다주고 비탈길을 내려오다 문득 내려다본 부두의 불빛은 왜 그리 아스라하던지.

"학교 때야 수업료도 제때 못 내서 서무실에 불려 다니고 힘들었지. 하필이면 꼭, 잔뜩 긴장해 있는 시험 치는 날 불러서 돈 언제 가져올 거냐고 다그칠 게 뭐람. 그걸 내가 어떻게 알아. 엄마가 안 주는데. 그러고 나면 공부한 것도 기억이 안나서 시험을 망치곤 했지."

이 친구 까르륵 웃는다.

"그런데도 이만큼 사는 은공이 대B여상 때문이야?"

공연히 엇박을 놓아봤다.

"좋은 학교였잖아. 우리 땐 상고도 못 간 애들이 있었는데 뭘."

조곤조곤 말하는 속에 자족하는 마음이 엿보였다. 어찌 생각하는 것도 잘 익은 사과 같은지.

18년 전에 이장회의에 가다 교통사고를 당해 그녀의 남편은 아직도 휠체어를 탄단다. 아픈 남편과 두 아이들을 거두면서 농사까지 도맡았을 때는 참 막막했었다고. 그때, 여기서 무너지면 내 아이들도 나처럼 수업료 제대로 못 내고 선생님 눈치 보며 학교 다니게 될 거라 생각하면 정신이 번쩍 들더라고. 세계 최고의 요리사도 처음에는 감자부터 깎는다 생각하고 농사일을 배워나갔단다. 이제 해외여행도 다니며 자신을 챙길 정도로 여유가 생겼다고. 지역의 작은 도서관 건립 기금까지 보탠다니, 마음이 얼마나 푸근해지는지 모르겠다.

"그나저나 그 맛있는 사과 비결 좀 듣자 야."

내심 궁금했다.

"욕심 버리면 되는 거지 뭐. 무조건 크고 상품성 있는 사과를 만들려면 비료를 듬뿍 주면 돼. 근데 난 비료를 안 주고 자연 그대로 키워. 비료를 주면 땅속 뿌리들이 땅 위쪽에서 공급되는 양분만 흡수하면서 자라지. 근데 비료를 안 주면 말이야. 나무가 제 살기 위해 땅속 깊숙이 뿌리를 내리면서 영양분을 찾아간다고. 그래서 나무가 더 튼튼해지고 과일 맛도 좋아져. 지금도 우리 농장 토양 검사하면 영양분이 넘쳐나. 가만히 둬도 나뭇잎이며 낙과가 모두 좋은 자연 거름이 되거든."

어린 시절 친구의 모습을 떠올리며 그녀의 이야기를 들었다. 사과나무를 가꾸면서 인생의 물리를 터득해갔을 그녀가 어떤 모습으로 변했을지 빨리 만나고 싶었다. 지혜란 결코 학력이나 지식만으로 얻어지는 게 아니란 걸 새삼 깨달았다. 올봄 사과꽃이 필 때 놀러 오면 백제무왕과 선화공주가 사랑을 나누던 오솔길로 안내하겠다는 말이 귀에 쟁쟁하다.

민달팽이가 간다

...

　오랜 친구랑 산책을 하고 돌아온 뒤끝인데도 마음이 여전히 산란하다. 만나서 수다 떨며 걷다 보면 그야말로 저절로 힐링이 되곤 했는데 이즈음엔 예전 같지가 않다. 친구가 별 의미 없이 하는 말에도 자주 걸려 넘어지고 생채기가 난다. 이것은 나의 문제일까 친구의 문제일까. 그것도 아니면 나와 친구, 둘 다의 문제인 걸까. 한때는 지란지교를 꿈꾸던 좋은 친구였는데, 친구 사이에도 갱년기가 찾아오는 걸까.

　"요즈음 TV 사극도 참 재밌더라. 작가들이 어쩌나 언어감각이 뛰어난지 푹 빠지게 만들데. 드라마 보면 네 생각이 나. 너도 사람들 안 읽는 소설 쓰지 말고 드라마 같은 걸 좀 써보지 그래."

　친구가 말했다. 돈도 많이 벌고 유명해질 수 있는 길을 두고 굳이 돈 안 되는 소설을 붙들고 있는 이유가 뭐냐는 이야기겠다. 자본이 일 순위인 시대에 틀린 말은 아니다. 영화를 좋아하는 동창 하나도 나만 보면 너도 소설 쓰지 말고 영화 쓰지 해쌓는다. 그럴 때마다 소설도 제대로 못 써봤는데 무슨 영화는, 하고 만다. 날 잘 모르는 동창이 그렇게 말하는 건 그냥 넘길 수 있는데, 누구보다 내 출발을 잘 아는 친구가 같은 말을 두세 번씩이나 하는 걸 듣고 있자니 좀 무참했다. 왜 아직도 소설인가에 대해서라면 할 말이 많지만, 드라마는 아무나 쓸 수 있는 거냐 하고 말았다. 길게 말하고 싶은 기분이 들지 않았다.

언젠가 친구의 이사를 도와주러 갔다가 마음 상한 기억이 불쑥 떠올라 좀 의기소침해진 때문이기도 했다. 현관 입구에 폐지더미를 쌓아두었길래, 그것들을 노끈으로 묶어주었다. 아, 안 봤으면 좋았을 텐데. 하필이면 내 소설이 실린 책이 폐지더미 사이에 끼어 있는 게 눈에 띌 게 뭐람. 내가 친구에게 읽어보라고 준 책이었다. 책장을 넘긴 흔적조차 없었다. 전공서적 읽기도 바쁠 텐데, 하고 이해하면 그뿐인데. 소심하게도 버림받은 책이 마치 나 자신이기나 한 것처럼 풀이 죽었다. 가방에 그 책을 집어넣어 오면서도 친구의 무신경한 행동이 원망스러웠다. 우리의 우정이 겨우 이런 거였나, 생각하면 씁쓸했다.

바흐를 좋아하는 것은 바흐가 음악의 가장 순수한 자리에 있기 때문이다. 아무런 장식도 없는 바흐에 비하면 베토벤만 해도 무언가 단맛이 가미되어 있는 것이다. 타르코프스키 감독이 "본질적이지 않은 모든 것은 언젠가 부패한다."고 한 말은 그가 세상을 향해 던진 저항적 메시지였다. 내가 드라마나 시나리오가 아니라 소설을 쓰려는 것도 자신의 본질이 거기에 있다고 믿기 때문이다. 그것이 나의 수줍은 자존심 같은 것이기도 하고. 그것을 친구가 알아주기를 기대한 건 순전히 나의 오만이고 오기였다. 기실 사람들이 믿는 우정이란 허술하기 짝이 없는 것이다. 그래서 나는 이 자본제일의 세상에서 민달팽이처럼 알몸으로 바닥을 밀고 가야 하는 고통을 운명으로 받아들인 시인이나 소설가들을 귀한 존재라 여긴다. 문학이 주는 힐링은 느리게 오는 것이다. 문학은 어떤 스님의 즉문즉설처럼 그 자리에서 묻고 곧바로 답을 주진 않는다. 온갖 불행한 인간들의 삶 속에 스스로 발을 담그고, 그 속에서 사랑하고 고뇌하고 갈등하면서 달팽이처럼 천천히 자기 길을 찾아가는 것. 그것이 문학이 주는 놀라운 힘이요, 느린 힐링이다.

김신용의 시집 『도장골 시편』에 있는 「민달팽이」를 보라.

(……)

등에 짊어진 집, 세상에게 던져주고
입어도 벗은 것 같은 납의(納衣) 하나로 떠도는
그 우주율의 발걸음으로 느리게 느리게 걸어간다

그 모습이 안쓰러워, 아내가 냇물에 씻고 있는 배추 잎사귀 하나를 알몸 위에 덮어주자

민달팽이는 잠시 멈칫거리다가, 귀찮은 듯 얼른 나뭇잎 덮개를 빠져나가버린다

치워라, 그늘!

배춧잎 한 조각의 위안마저 뿌리칠 수 있는 저 위풍당당 앞에, 이해받지 못한다고 인정받지 못한다고 토라진 내 모습이 참 못났다. 참 부끄럽다. '등에 짊어진 집도 없는 저것', 햇빛 한 줌에도 금방 말라 부서질 것 같은 저것도 주눅 들지 않고 저리 암팡지게 외치는데.

"치워라, 그늘." 하고.

구텐탁, 동백아가씨

...

    지난 설에 이미자의 독일 공연을 TV로 끝까지 지켜보았다. 50년 전에 독일로 건너간 근로자(광부, 간호사)들을 위한 특별 공연이란 점이 마음을 끌었다. 언제가 되었든 나의 안타까운 디아스포라(이산)로 남은 그 여자 H를 소설 속으로 불러올 생각을 갖고 있던 터여서 더 관심이 갔는지도 모르겠다.

    '이미자의 구텐탁, 동백아가씨'라는 타이틀은 독일 교민들의 향수를 자극하기에 충분했다. 파독 근로자들이 독일로 간 시기와 이미자의 〈동백아가씨〉가 불리던 시기는 서로 겹치고 포개진다. 그들의 기억 속에 이미자와 동백아가씨는 불러내기만 해도 감정이입이 되는 애련한 이름이 아닐까. 한 시대를 풍미한 유행가가 가진 소통의 힘일 것이다.

    "헤일 수 없이 수많은 밤을/ 내 가슴 도려내는 아픔에 겨워/ 얼마나 울었던가 동백아가씨~" 1960년대 중반의 그 꽃답던 동백아가씨들이 이제는 황혼을 바라보는 나이가 되어

객석에 앉아 연방 눈물을 훔치고 있었다. 그 때문이었을까. 엘레지의 여왕 이미자가 팔자로 부르는 〈동백아가씨〉가 유달리 애절하게 들렸다. 저마다 다른 사연을 안고 눈물짓는 그들의 가슴속은 또 얼마나 빨갛게 멍이 들었을까.

이미자의 노래를 따라 부르며 눈물짓는 파독 간호사들을 보자 그 여자 H를 만난 기억이 선명하게 떠올랐다. H도 그네들 가운데 한 사람이었다. 3년 전 여름, 조카의 결혼식에 맞춰 독일 부퍼탈에서 날아온 그녀를 처음 만났다. 펌이나 염색을 단 한 번도 한 적이 없다는 하얗게 센 단발머리, 화장기 없는 얼굴, 소박한 옷차림. 가식이 없고 지나치게 진지하고 순수한 사람이었다. 이동 중인 자동차 안에서 그녀가 자신의 이야기를 글로 쓰고 있다고 불쑥 말했다. '아버지는 전쟁터에 나갔다가 돌아오지 않았다. 청상과부가 된 어머니는 날마다 나와 동생들을 때렸다……' 쓰고 있다는 글의 서두를 암독하는 그녀의 눈에서 눈물이 흘렀다. 아, 그토록 소리 없이 넘쳐흐르는 눈물이라니. 비가 부슬부슬 내리던 그 여름날 하루. 부여 무량사 경내를 돌면서 우리는 일행을 저만치 떨어뜨려 놓고 봇물 터진 듯 이야기를 쏟아냈다. 그녀는 처음 보는 내게 서슴없이 자신의 내밀한 이야기를 털어놓았다. 그녀는 파독 광부였던 첫 남편과의 사이에서 딸 하나를 낳고 헤어졌다. 싱글맘으로 언어소통도 자유롭지 않은 이국 땅에서의 고단한 삶이야 불 보듯 뻔한 일. 이쪽저쪽 어디에도 뿌리

내리지 못하는 경계인으로서의 삶, 풍토병, 결혼을 앞두고 있던 딸의 자살. 지상에 단 한 점 있던 혈육마저 빼앗긴 에미의 절망은 어떤 것이었을까. 그 가혹한 불행 속에서도 자신의 정체성을 찾기 위해 떠난 길 위의 일상. 감당하기 힘든 고통 앞에서 무너진 몸과 마음을 추스르며 프랑스로 인도로 네팔로 선지식을 찾아다니고 명상여행을 했다고. 나는 그녀에게 무어라 위로의 말을 했던가. 그저 행복하기만을 바라는 삶은 공허한 것이라고. 인간의 궁극적인 목표는 고난을 헤쳐나와 깨달음에 이르는 길을 찾는 것이라고. 그 깨달음을 향해서 가고 있는 당신이야말로 진정 행복한 사람이라고. 그녀가 내 얼굴을 물끄러미 바라보더니 가방 속에서 은빛 파카 볼펜 하나를 불쑥 내밀었다.

"얼마 전에 딸아이 유품을 모두 정리했어요. 유서를 쓴 이 볼펜을 왜 차마 버리지 못했나 알겠네요. 이 볼펜은 당신이 가져요."

유품이라니. 내겐 너무 무거운 선물이었다. 머뭇거리는 내게 그녀가 말했다.

"당신은 글 쓰는 사람이니까 이걸로 내 딸아이가 못다 쓰고 간 글을 쓰기 바래요."

그녀가 이내 소슬해진 얼굴로 말했다. 마음이 숙연해지는 느낌이었다. 나는 그 은색 볼펜을 받아 들고 고개를 끄덕였다. 사물이란 마음에 새긴 희미한 그림자보다는 선명해서 좋

다. 이 은색 볼펜을 쥐고 있는 동안에는 그 여자, H가 내게
들려준 안타까운 디아스포라의 삶을 내 소설 속에 불러들일
수 있을 것 같다.

구텐탁, 동백아가씨!

호떡 한 개의 위안

...

우리 동네에는 오래된 포장마차 호떡집이 두 군데 있다. 한 곳은 중년부부가, 다른 한 곳은 총각들이 주인이다. 두 집 나란히 호떡을 굽는데 야속하게도 손님들은 총각네 앞에만 줄을 선다. TV 〈생활의 달인〉에 출연할 정도로 손이 빠른 세 총각이 열심히 호떡을 구워내는데도 보통 이삼십 분은 기다려야 차례가 온다. 재고가 없으니 철판 기름 속에서 막 빠져나온 호떡 맛이 일품일밖에. 청년 실업 시대에 이 총각들이 웬만한 연봉자들 부럽지 않은 소득을 올린다니 놀랍다.

그와 달리 파리 날리는 중년부부의 호떡집. 어떡하나. 볼 때마다 안쓰럽다. 어쩌다 총각네 줄에서 기다리다 지친 사람이나 한둘이 갈까 말까 한다. 호떡 맛이야 그 호떡이 그 호떡일 텐데도, 사람 많은 식당에 손님이 몰리는 이치겠다. 세상살이의 고단함이 이 호떡집에서도 읽힌다.

무엇으로든 위로가 필요한 날, 단것을 별로 좋아하지 않는 나도 가끔, 총각네 호떡 집에 가서 줄을 서곤 한다. 긴 줄에 서 있는 것만으로도 공연히 안심이 되는 이 군중심리. 굽기가 바쁘게 팔려나가는 총각네의 넘치는 활기 앞에서 그 옆의 부부는 잔뜩 주눅 들어 있더라. 마치 아프리카에서 가장 빠른 사자와 가장 느린 가젤의 추격을 보는 것 같다. 부부가 사자에게 잡아먹힌 가젤 같았다면 지나친 비유일까. 도대체 하루 이틀도 아니고 매일, 어떻게 저런 날랜 사자 같은 상대를 옆에 두고 장사를 하는 걸까. 차라리 다른 장소로 옮기는 게 낫지 않을까. 팔리지 않고 말라가는 부부의 호떡을 보고 있노라면 오지랖 넓게도 걱정이 앞서곤 한다. 경쟁에서 밀려난 열등감과 수치심으로 들끓을 저 속은 또 어떨까. 건사할 자녀들도 있을 텐데. 매번 남은 호떡은 식구들이 꾸역꾸역 나누어 먹는 건가. 뭐 그런 두서없는 생각들.

그러거나 말거나 부부는 무표정한 얼굴로 호떡을 끝없이 뒤집는다.

궁금증이 풀린 것은 한참 뒤였다. 부부가 장사를 계속해온 데에는 나름의 대안이 있었던 것이다. 총각네는 정기적으로 쉬는 날이 있고, 또 저녁에는 일찍 철수했다. 바로 그 틈새를 놓치지 않고 부부가 독점으로 호떡을 팔 찬스를 잡고 있었던 것이다. 총각네만큼 그리 긴 줄은 아니지만, 그런 날 보면 부부의 표정이 환하더라. 이가 없으면 잇몸이라 했던가.

그것을 알고 나니 호떡장사 부부가 다시 보였다. 그들이라고 총각네보다 장사가 잘 되기를 바라는 마음이 없었겠는가. 밤마다 더 긴 줄이 자기들 포장마차 앞에 서는 꿈을 꾸었을 지도 모르겠다. 그 열패감을 묵묵히 견디고, 주어진 현실을 받아들인 덕에 오늘까지 계속 장사를 해오지 않았을까. 그 인내의 시간들이 이 부부에게 나름의 균형감각을 가져다주 었겠지. 호떡집은 그런 세월의 선물 같은 것.

엊그제는 모임에 갔다가 옆에 앉은 선배작가의 속 깊은 말을 들었다.

"나이 드는 게 꼭 나쁜 것만은 아니더라고. 좋은 점도 있어. 사람이나 사물에 대해서 연민이 생겨. 사람들이 지독하게 아파하는 것들도 지나가면 아무것도 아니라는, 생의 그 이면을 볼 수 있는 눈이 생기니까. 옛날 같으면 죽을 것같이 고통스럽던 것들까지도 이제 다 편안히 볼 수 있게 되더라고. 나이 든다는 건 세상 모든 것들에 연민을 느끼는 것이야."

살아간다는 것은, 어쩌면 자기 색깔을 선명하게 드러내는 것이 아니라 수채화처럼 자신의 색깔을 지우고 번지고 퍼져나가는 것이 아닌가 하는 생각을 해본다.

찬바람이 부는 거리에 나서자 전단지를 돌리는 여자가 다가온다. 내 앞의 여학생이 멈칫 전단지를 피해 간다. 여자가 민망하게 웃는다. 그녀를 위로하고 싶다. 발걸음보다 먼저 내 손이 그녀 앞으로 나간다. 내게는 아무짝에도 쓸모없는 전단지라 할지라도 누군가에게는 하루 치의 일용할 양식이 될 것이므로.

삶은, 치욕스럽다고 훌훌 벗어버릴 수 있는 외투가 아니다.

어쩌다 호떡이 먹고 싶어도 나는 이제 총각네 호떡집 앞에서 줄을 서지 않는다. 부부가 혹시나 장사를 그만두지는 않을까 걱정과 응원이 뒤섞인 마음으로 호떡 한 개를 사 들고 나오면, 마음이 짠하다.

오늘이 아픈 사람들에게, 우리 동네 부부의 호떡 한 개 사주고 싶다. 바람 부는 날에는 따끈하고 달달한 호떡 한 개도 충분히 위안이 되는 법이다. 중년 부부의 인내와 연민으로 맛이 더 깊어진 호떡을 베어 물고 은행잎이 다 떨어진 길, 호젓하게 걷고 싶다.

우리들의 아름다운 선장

…

올봄 산 중턱 양지바른 언덕에는 쑥이 지천이었습니다. 이 나이 들도록 그런 쑥밭은 첨 봤습니다. 언 땅을 뚫고 돋아난 쑥이 얼마나 싱그럽던지요. 틈틈이 산에 올라 어린 쑥을 뜯어 모아 새파랗게 데쳐 얼렸더니, 냉동 쑥이 제법 모였더군요. 봄이 깊어지면 쑥찰떡을 해놓고 좋은 사람들을 초대할 생각으로 얼마나 마음이 설레었는지 모릅니다. 아, 그랬는데, 지난 4월, 세월호가 침몰하던 날, 그런 설렘 따위 온통 사치가 되고 말았습니다. 소설보다 더 소설 같은 현실을 한두 번 겪은 것도 아닌데. 두 눈 멀쩡히 뜨고, 실종자 수가 사망자 수로 옮겨가는 것을 오롯이 지켜보는 것 말고는 아무것도 할 수 없는 하루하루가 지나가고 있습니다.

생전 처음, 모처럼 받은 청탁원고를 펑크냈습니다. 몇 번 문자로 조심스럽게 독촉을 하던 조신한 편집자에게 도저히, 라고 용서를 구했습니다.

새끼 잃은 어미 아비들의 슬픔과 분노와 절망이 왜 모조리 내 가슴을 향하는지. 차마 보고 있기 힘든 장면들을 지켜보면서 빠져드는 고통과 무기력과 죄책감. 이게 21세기 한국에서 일어나는 일이 맞긴 한 건지. 이 비현실적인 상황을 어떻게 받아들여야 하는 건지.

앞마당에는 황매화가 노란 꽃을 주렁주렁 매달고, 심은 적도 없는 유채꽃이 날아와서 온 마당에 확 번져, 어른 키를 훌쩍 넘었는데. 쉬슬듯이 새끼를 친 벌떼들이 깨알같이 새카맣게 날아다니고, 노랑나비 흰나비가 꽃밭을 덮었는데. 저 꽃들이며 벌떼며 나비들은 아무 근심없이 저리도 분주한데. 우리의 어린 쑥같이 새파란 아이들과 선량한 승객들은, 영문도 모르고 죽어갔습니다.

제일 먼저 도망친 선장과 선원들을 보면서 경악하다가, 저 것이 부끄러운 우리들의 자화상이지 자조하는데, 뜬금없이 한 아름다운 선장의 얼굴이 떠올랐습니다. 그러면 어땠을까요. 명백히 책임져야 할 승객을 버리고 제일 먼저 탈출한 세월호 선장과는 달리 우리들의 아름다운 선장은 선주와 국가조차 외면하라고 지시한 보트피플 96명의 생명을 살린 어른입니다. 통영에 계신 전재용 선장님. 그도 이 참사를 지켜보고 있을 테지요. 울음을 삼키며 안타까워하실 모습이 떠오릅니다.

한 5년쯤 됐나요. 통영으로 무작정 그를 찾아간 적이 있습니다. 그의 주소지에는 노모가 살고 계셨습니다. 낯선 객을 반갑게 맞아주시더군요. 정갈하고 맑은 어르신이었습니다. 때늦은 인권상이어서 맺힌 마음도 없잖았을 텐데 아드님이 상 받는 사진을 자랑스레 보여주셨습니다.

선장님과 연락이 닿아 커피점에서 만났습니다. 세상에 사람의 생명을 구하는 일만큼 귀한 일이 어디 있겠느냐. 다큐멘터리 방송을 보면서 얼마나 감동했는지 모른다. 10여 명 타면 딱 맞을 작은 목선에서 96명이나 되는 난민들이 줄줄이 올라올 때 얼마나 난감했느냐. 보고를 받은 선사에서 난민을 무인도에 버리고 오라고 한 명령을 무시하고 그들 모두를 구해 온 그 용기는 어디서 난 거냐. 난민을 싣고 13일이나 걸려 부산항에 정박해 곧바로 국가정보기관에서 조사를 받고 선주에게 해고당했을 때, 그래서 다른 배조차 탈 수 없게 되었을 때, 명령에 불복종하고 난민을 구한 걸 후회하지는 않았느냐. 선장님의 얼굴을 꼭 한번 보고 싶었다. 그러고는 이 이야기를 소설로 쓰고 싶다 뭐 그런 낯 뜨거운 말도 했던 것 같습니다. 다시 그때로 돌아간다 해도 그 '사람들을' 살렸을 겁니다. 나 아닌 누구라도 그 상황이라면 나처럼 그렇게 했을 겁니다. 운 좋게 내가. 선장님은 분명히 '운 좋게'라고 나직하게 그리 말씀하시더군요. 단순명료했지요. 세상의 모든 진리는 그리 단순한 것을. 하지만 그가 96명의 보트피플을 구한 1985년이 그리 단순하고 운 좋은 시절이었던가요.

항해사가 난민이 탄 작은 목선을 발견하고 선장에게 알렸을 때, 그는 얼마나 갈등했을까요. 생명을 살려야 한다는 양심의 소리와 자신에게 닥칠 불이익을 두고 저울질하며 고뇌했을 겁니다. 그는 황급히 선원들을 모아놓고 선상회의를 엽니다. 죽어가는 사람들을 보고 어떻게 그냥 지나칠 수 있겠습니까. 우리가 저들을 구조해서 데려갑시다. 이후의 "모든 책임은 제가 지겠습니다." 전재용 선장은 그런 사람이었습니다. 아, 또 눈물이 나는군요. 요즈음은 시도 때도 없이 울컥합니다. 세월호에도 우리 대한민국이란 배에도 "모든 책임은 제가 지겠습니다."라고 하는 이런 선장이 있었더라면 어땠을까요. 선원들도 공무원들도 그 귀한 생명을 제 목숨처럼 구하지 않았을까요. 이제 와서 그런 가정이 무슨 소용이랍니까. 내년 봄에도 어린 쑥은 언 땅을 뚫고 솟아날 테지만 한번 간 우리 아이들과 선량한 승객들은 다시는 돌아오지 않을 것입니다. 우리가 잊지 말아야 할 진실은 바로 이것입니다. 세월 속에 묻힐 뻔한 선장의 이야기가 세상에 알려진 것도, 자신의 목숨을 구해준 의인을 잊지 않고 19년을 찾아 헤맨 끝에 마침내 재회한 한 사람 덕분이었으니까요.

오동나무 아래에서

...

    바람이 분다. 누군가 지붕을 툭툭 친다. 스피커 볼륨을 한껏 올리고 브루흐의 〈콜 니드라이(신의 날)〉를 듣는 중이었다. 뭐지, 슬리퍼를 끌고 나가 지붕 위를 올려다본다. 아하, 오동나무로구나. 마당에 심은 지 20년이 넘었다는 오동나무 가지 하나가 지붕 위로 뻗어 올라가 있다. 저도 나만큼이나 심란한 모양이다. 바람이 분다고, 툭툭 지붕을 쳐대는 걸 보니. 음악만 듣고 앉았지 말고 나와서 자기도 좀 봐달라는 말인가. 봄에는 작은 종처럼 생긴 예쁜 보라색 꽃을 피워서 우리를 흔들어주더니 이제 시든 잎을 제 발밑에 잔뜩 떨구었다. 오동나무 둥치를 가만히 안고 올려다본다. 딱따구리가 암팡지게 뚫어놓은 나무 구멍 속을 가을 햇살이 슬쩍 들여다보고 있다. 돌아가신 할머니의 오동나무 장롱이 떠오른다. 언제쯤 어디로 사라져버린 건지 모르겠는.

    올봄에는 난생 처음 호미 들고 채마밭을 일구었다. 종류별로 모종을 사다 심고 아침저녁 물 주고 잡초도 뽑아주었다. 고 작은 모종들이 어찌나 쑥쑥 잘 자라던지. 금세 채마밭이 싱그러운 푸른 채소로 가득했다. 상추랑 쑥갓이 뜯어 먹기 바쁘게 자랐다. 채마밭 가꾸기 별거 아니구만. 자만했다. 토마토가 무섭게 줄기를 뻗어 올려 가지를 키워 몸집을 불리기 전까지는. 처음부터 토마토가 다 자랐을 때를 예상하고 모종과 모종 사이에 충분히 거리를 두고 심었어야 했는데. 아차, 그걸 몰랐다. 맞아, 거리두기다. 햇빛과 바람이 자유롭게 드나들 수 있는 거리를 만들어주었어야 했는데. 거리두기에 실패한 것이었다. 줄기와 가지들이 서로 앞다투어 자라나더니 빈틈없이 엉겨 붙어버리는 건 순식간이었다. 속수무책이었다. 그 바람에 키만 웃자라고 열매가 영 신통찮았다. 채마밭 가꾸기, 만만히 볼 일이 아니었다. 그래, 거리가 필요하지. 거리가 필요한 게 어디 농작물뿐이랴. 사람과 사람 사이도 그렇다. 부모 자식 사이가 그렇고 친구 사이, 연인이나 부부 사이, 스승과 제자 사이, 이웃과 이웃 사이가 또한 그러하다. 너무 가까우면 불편하고 또 너무 멀어지면 불안해지는 게 사람 마음 아닐까. 토마토를 몇 그루 솎아서 거리를 충분히 두고 옮겨 심어보았다. 며칠을 시들시들 몸살하는 모양을 지켜보며 또 얼마나 애를 태웠는지. 그냥 그대로 둘 걸 또 후회하면서. 더 이상 옮겨 심을 엄두가 나지 않았다. 애태운 건 그뿐이 아니었다. 고추줄기에는 노린재가 징그러울 정도로 바글바

글 달라붙었다. 게다가 오이와 가지는 몇 개 열리더니 탄저병에 걸리고. 새까맣게 달라붙은 노린재와 노랗게 말라가는 오이며 가지 잎사귀를 보면서 농약을 쳤어야 했던 걸까, 또 갈등했다.

채마밭을 갈아엎고 배추와 열무를 심고 나서도 농약을 조금만 뿌려볼까 그냥 버텨볼까 변덕이 죽 끓었다. 농사짓는 친지에게 자문을 구했다. 그의 대답은 명쾌했다.

"농부가 콩을 세 알 심지요. 그럼 한 알은 땅 밑에 벌레가 먹고, 또 한 알은 공중에 나는 날짐승에게 주고 나머지 한 알만 사람이 거두는 거래요. 농사 지을 때, 항상 마음을 그리 넉넉히 가지는 게 좋아요. 그러면 벌레가 좀 먹어도 아까운 생각이 안 들지요. 한 알도 안 뺏기고 세 알 모두 독차지하겠다고 농약을 치면 벌레는 죽겠지만 그 피해가 또 사람에게 가거든요. 자연의 순리를 따르면 자연과 공존할 수 있는데 욕심 많은 사람들이 저만 살겠다고 하니 참……."

햇빛에 그은 그의 주름살투성이 얼굴이 얼마나 빛나 보이던지. 무학에 문맹이었던 우리 할머니도 그런 양반이었는데. 집에서 부추전이라도 부치는 날이면 크고 예쁘게 부친 건 모두 삼이웃에 돌리고 작고 못난 건 우리들 차지였다. 그땐 그게 못마땅해서 입이 댓발이나 나왔더랬는데. 제삿날도 그랬다. 제사가 끝나길 기다려 제삿밥을 먹으러 가까운 이웃들이 오면 상이 제법 푸짐했다. 제삿밥을 먹고 가는 사람들에게 또 남은 음식을 몰래 싸주기까지 하는 할머니를 아버지 형제들은 못마땅해서 대놓고 지청구를 했다. 없는 살림에 그리 삼이웃에 다 퍼주려면 제사 지내지 말라고. 의붓어미인 우리 할머니는 듣는 둥 마는 둥 대꾸가 없었다.

"제사는 죽은 사람을 위해 지내지만 제사 음식 먹는 거는 산 사람 아이가. 삼이웃에 기름 냄새를 풍겼으니 나눠 먹는 기 당연하지. 체면 차리느라 말은 못 해도 얼마나 먹고 싶겠노. 베푼 사람이 배부른 법이다."

제사 지내러 온 식구들이 다 가고 나면 할머니는 제일 만만한 손녀딸에게 그리 말했다. 베푼 사람이 배부른 법이라던 우리 할머니, 평생 막걸리랑 담배가 밥 대신이었지만 88세까지 가볍게 살다 가셨다. 말년에 당신이 암인 것도 모르고 가시긴 했지만.

채마밭에 가보니 배추 벌레가 또 배춧잎을 갉아먹었는지 몇 군데 구멍이 숭숭 뚫려 있다. 그런데 배추 벌레란 녀석은 제 몸이 콩 세 알 중 한 알만큼이란 걸 알고는 있는 걸까, 은근히 그것이 궁금해진다.

엄마와 딸

...

1994년 이래 가장 더웠다는 지난 여름, 재즈 공부를 하러
떠난 딸을 만나러 갔다. 5년 반 만이었다. 군대 간 아들도 2
년이면 돌아오는데 5년 반이라니. 가혹한 생이별이었다. 한
동안 부지런히 이메일로, 스마트폰을 산 뒤로는 카톡과 영상
통화로 그리움을 달래곤 했다. 그마저도 사오 년이 한계였는
지. 어딘지 체증이 걸린 것처럼 가슴이 꽉 막히는 순간이 찾
아왔다. 도무지 영상 통화 따위로는 달랠 수 없는 그리움이
통증이 되어 명치끝을 쿡쿡 찔렀다. 우리는 언제부턴가 서로
보고 싶다는 말을 극도로 자제하고 있었다. 보고 싶다는 말
을 입 밖에 꺼내는 순간 속수무책 울음이 터지고 말 것 같았
다. 졸업까지는 아직 1년이 더 남아 있었다. 그때까지 참다가
는 둘 다 지레 말라 죽게 생긴 것. 딸은 비자 기간이 이미 만
료된 상태였다. 내가 가는 수밖에 도리가 없었다. 나는 딸의
방학기간과 생일에 맞춰, 캐나다에서 한 번 경유하는 싼 티

켓을 구해 뉴욕으로 날아갔다. 라구아르디아 공항에서 모녀 상봉을 했다. 어디 보자 내 딸아. 심봉사 청이 앞에서 눈 뜨는 심정이 그럴까. 눈물이 목구멍까지 차올라 금방이라도 울음이 터질 찰나였다. 내 얼굴이 얼마나 일그러졌던 걸까. 엄마아, 인상 쓰지 마라 쫌. 딸이 정색하는 바람에 눈물이 쑥 들어갔다. 5년 반 만에 꿈에 그리던 딸을 만났는데 첫마디가 인상 쓰지 말라는 지청구라니. 내 딸 같지 않았다. 너 진짜 미국년 다 됐네. 나도 첫마디가 곱게 나가지 못했다. 그래도 서로 마주 보고, 더 늙었네 그대로네 해쌓으면서 살피는 사이에 우리는 다행히 눈물바람 없이 공항을 나설 수 있었다.

딸이 사는 퀸즈의 우드사이드 55번가까지는 공항에서 택시로 10분도 채 걸리지 않았다. 집에서 맨해튼까지 기차로는 5분, 7번 도시철도로는 30분 정도 걸렸다. 히스패닉과 아시안계 이민자들이 많은 동네였다. 중국인 소유의 수십 년 된 공동주택 한 층에 네 명의 한국 유학생이 함께 살고 있었다. 딸은 집 관리와 세든 유학생들 월세를 받아 집주인에게 전달하는 일로 주거비 혜택을 받고 있었다. 공동취사장과 한 사람 서면 딱 맞는 샤워실이 딸려 있었는데 햇빛 드는 2층이란 사실이 그나마 다행스러웠다. 여름방학 중인데도 다들 알바 나가느라 낮에는 집이 텅 비었다. 개구쟁이 고양이 달리와 나, 둘만 남았다. 나는 몇 군데 그린마켓을 돌며 발품을 팔아 더 싸고 싱싱한 야채와 과일을 샀다. 한인 마트에서 사온 배추로는 김치를 담고, 딸이 어릴 때부터 유달리 좋아하던 들깨가루를 넣은 새알미역국을 끓였다. 잡곡밥을 짓고 밑반찬을 만들고, 열대과일을 갈아 주스를 만들고. 창문도 없는 좁고 꽉 막힌 부엌에서 요리를 하려 치면 땀이 비 오듯 쏟아졌다. 그래도 그게 그동안 못다 한 어미 노릇이라 생각하면 더운 줄도 몰랐다. 하지만 딸은 하루 12시간 고깃집 알바에 지쳐서 밤늦게 돌아와 퍼져버리기 일쑤였다. 숟가락 들 힘도 없어 보였다. 함께 사는 유학생들도 마찬가지였다. 아무도 내가 만든 음식에 관심이 없었다. 만든 사람 성의를 생각해서라도 한술 떠보란 말이 목구멍까지 차올랐지만 눌러버려야 했다. 입을 떼는 순간 우리 사이의 평화가 깨질 게 뻔했다. 일상을 공유하지 못하다 보면 모녀 사이도 어느 틈엔가 균열이 생긴다는 걸 나는 오래전의 경험치로 잘 알고 있었다.

딸아이 첫돌 무렵이었다. 엄마가 처음으로 우리 집에 오셨다. 아치 섬이 환히 내려다보이는 동삼동 언덕배기에 세 들어 살 때였다. 버스정류장에서도 한참을 걸어 올라와야 하는 그 비탈길을 엄마는 택시비를 아끼려고 걸어왔다. 그것도 당신 키만 한 마른 고추자루를 머리에 이고서. 마당을 들어서는 엄마의 머리에 얹힌 고추자루를 본 순간 눈에 불꽃이 튀었다. 나는 못되게도 고추자루를 내려서 땅바닥에 패대기쳐버렸다. "뭐한다고 이런 걸 이고 다녀. 내가 언제 고추 필요하다고 했어?" 영문도 모르는 아무 죄 없는 엄마에게 있는 대로 성질을 부렸다. "곧 찬바람 나면 김장도 하고 고추장도 담그라고 태양초를 구해 왔는데……." 엄마가 조그맣게 웅얼거렸다. "내가 지금, 아직 깡깡 먼 김장 걱정하게 생겼어? 김장은 고춧가루만 갖고 하는 거냐고요." 나는 바락바락 소리를 질렀다. 당장에 아이 우유 살 돈도 없어서 쩔쩔매는 살림살이에, 하는 말이 튀어나오려는 건 삼켜버렸지만. 나는 엄마 앞에서 돈 없는 내색을 한 적이 없었다. 당신이 얼마나 가파른 삶을 살아왔는지 뻔히 아는데 내 짐까지 얹어 엄마를 힘들게 하고 싶지 않았다. 아무것도 모르는 엄마는 시집간 딸이 처음 맞는 겨울 김장 걱정에 태양초 자루를 이고 그 먼 길을 달려왔는데, 어미 마음을 그리 모질게 밟아버렸으니. 참 슬픈 풍경으로 남아 있는 모녀간의 그 간극이라니.

공부보다 알바에 더 열을 올릴 수밖에 없는 딸에게 내가 만든 음식이란 엄마의 그 고추자루 같은 건지도 모른다는 생각이 들어 나는 아무 말도 할 수 없었다.

딸은 학기 중 알바 시간 배당을 원하는 요일에 받지 못해 예민해져 있었다. 아파도 병원 한 번 못 가고 마음을 준 친구들은 공부가 끝나면 한국으로 돌아가버려서 딸을 외롭게 했다.

나는 틈틈이 우드사이드 역에서 7번 도시철도를 타고 맨해튼으로 나갔다. 세상의 모든 인종들이 분주히 오가는 그

폭염 속의 빌딩 숲을 지치도록 걸었다.

입시에 낙방한 딸아이는 크라운 베이커리에 '알바'를 하러 가고 보일러 기름은 바닥이 나고 전화는 끊기고 아이 학교에선 졸업앨범비 4만 4천 원이 미납되었다고 독촉장이 오고 개강일까지 버티기가 점점 버거워져서 논술학원에라도 뛰어갈까 말까 하는 갈등이, 호랑이가 굴에서 사람 되기를 포기하고 동굴을 뛰쳐나갈까 말까 하는 것보다 더 치열해지던 그때 그 시절이, 아프게 떠올랐다.

모르는 사람

...

며칠 전, 혼자 늦은 점심을 먹고 있을 때였다. 예고 없이 누군가 현관문을 두드렸다.

"경찰서에서 왔습니다. 문 좀 열어보십시오."

뜬금없이 경찰서라니? 경계심을 잔뜩 부풀리며 문을 빼꼼히 열어보았다. 낯선 사복경찰이 내 눈앞에 신분증을 바짝 들이밀었다. 동작이 민첩했다.

"여기 혹시 정동×란 사람이 살았습니까?"

언제부턴가 정동×가 수신인인 우편물이, 우리 집 현관 앞에 놓여 있곤 했었다. 주로 신용정보회사거나 법원출두명령서 같은 다급한 우편물들이었다. 초등학교 친구처럼 흔한 이름이었지만 아는 사람은 아니었다.

"정동× 씨가 사망했습니다. 주소지가 이곳으로 되어 있는데요. 정동× 씨와는 어떤 관계입니까?"

사복경찰이 물었다.

"모르는 사람입니다."

정말 그랬다, 일면식도 없는. 경찰관은 잠시 난감한 표정을 지었지만 이내 돌아갔다. 식욕이 싹 달아나버렸다. 문득 동해남부선 기차 지나가는 소리가 들렸다. 재킷을 걸치고 밖으로 나갔다. 옆집 할머니네 화분에는 사철 내내 시들지 않는 양란이 활짝 피어 있었다. 딸네 집에 갔다는 혼자 사는 할머니는 계절이 바뀌어도 돌아오지 않고 있었다. 나는 골목을 빠져나와 낯선 사람들 사이를 걸었다.

주거불명인 채, 이 도시의 뒷골목에서 쓸쓸히 죽어간 그는 어떤 사람이었을까. 처음에는 그도 누군가의 귀한 아들로 태어났을 텐데. 결혼을 했다면 한때는 알뜰히 사랑한 가족도 있었을 것이다. 어린이날이면 아이를 데리고 놀이공원에도 가고, 결혼기념일엔 백화점에 가서 아내에게 줄 선물을 골랐을 거야. 한때는 주목받는 인생을 꿈꾸기도 했을 텐데. 어디서부터 잘못된 것일까. 어디서부터 길을 잃은 걸까. 무엇이 그를 그토록 혹독하게 상처 입힌 걸까. 되돌아가기에는 너무 멀리 와버렸다고 느꼈을 때, 죽음의 공포는 얼마나 컸을까. 살아 있는 가족들 중, 누가 그의 불안을 이해했을까. 그들은 여전히 그의 죽음조차 모르는데. 수취인 불명으로 되돌아갔을 그 우편물들은 한눈에도 많은 것을 말해주고 있었다.

그러니까 사람들은 살기 위해 이 도시로 온다. 그런데 내 생각에는 사람들이 오히려 여기서 죽어가고 있는 것 같다.
나는 밖으로 나갔다. 많은 병원을 보았다. 어떤 사람이 비
틀거리다가 쓰러지는 것을 보았다.

『말테의 수기』는 이렇게 시작된다. 릴케는 소설 속에서 예
민한 시골청년 말테의 눈에 비친 대도시 파리를 이토록 암울
하게 묘사했다. 100년 전의 파리나 21세기의 지금 이곳 부산
이나 하등 다를 바가 없다. 도시의 뒷골목은 여전히 가난과
죽음과 병이 은둔해 있다.

　도심으로 이사를 한 이후, 나는 극단적으로 대비되는 도
시의 두 얼굴과 자주 맞닥뜨린다. 자본과 욕망이 빚어놓은
화려한 겉모습과는 판이한, 어쩔 수 없이 벗은 도시의 속살.
그것을 바라보노라면 때론 소설적 영감이 일기도 하지만 도
심에 파묻히는 건 얼마나 현기증 나는 일인가. 지독히 소모
적인.

　강의가 없는 날에도 나는 도심을 피해 학교로 간다. 유달
리 추웠던 지난 겨울에는 서면역 도시철도 2호선을 타러 가
는 지름길을 발견했다. 추위를 피하는 데도 유용했다. 롯데
호텔 동쪽 통로를 이용하는 것이다. 언제 봐도 촌스러운, 호
텔 입구의 조형물과 로비의 꽃장식대를 지나, 지하로 가는
에스컬레이터를 타면, 곧장 롯데백화점 지하분수대 앞으로
연결이 된다. 명품 가방이며 반짝이는 장신구들로 잔뜩 치장

한 여자들이 백화점으로 줄지어 들어가고 있었다. 자본은 그를 농락하여 죽음으로 몰고 갔지만 그의 가족 중에 누군가는 저 여자들 속에 섞여 있을 수도 있겠다는 생뚱맞은 생각을 했다. 나는 그와 그의 가족이 궁금했다.

어제는 국민연금공단에서 그 사람 앞으로 우편물이 왔다. 죽은 뒤에도 자신의 이름을 내 앞에 드러내는 그 사람이 생판 남 같지 않았다. 알 수 없는 인연으로 엮여 있는 듯한.

봉투를 찢어 내용을 확인했다. 유족에게 보낸 안내문이었다. 정동× 님의 사망이 확인되었으니 유족연금을 청구하라고. 담당자의 전화번호에 연두색 형광펜이 그어져 있었다. 나는 핸드폰을 열고 담당자의 전화번호를 눌렀다. 여전히 유족에게 연락이 닿지 않고 있다고. 예전 주소지를 추적해서 꼭 유족을 찾아주길 바란다고 부탁할 생각이었다.

소통하는 담장

...

    벽돌로 담장을 쌓아 올리고 있었다. 벽돌공에게 담장 군데 군데 소설책 한 권만 한 똑같은 크기의 구멍을 내어달라고 주문했다. 그는 짐짓 의아한 표정이었다. 담장 안이 보이지 않게 하려고 벽돌을 쌓는 건데 구멍을 왜 내느냐고.

    벽돌공의 생각과는 달리 우리는 담장 안이 들여다보이기를 원했다. 담장 외부와 내부가 소통하면서 서로서로 풍경을 주고받는 것. 그것이 우리가 바라는 담장이었다. 해놓고 보니 이웃과의 경계가 슬쩍 허물어지는 걸 느꼈다. 담장에 생긴 네모 반듯한 구멍으로 바깥 풍경이 슬쩍 끼어드는 게 그렇게 예쁠 수가 없었다. 벽돌공도 해놓고 나서는 이런 담장은 처음이라고 흐뭇해했다. 담장 구멍에 바닷가에서 주워 온 앙증맞은 돌을 하나씩 놓아두니 마치 이야기가 있는 창 같았다. 그 사이로 옆집 마당의 평상이 보였다. 옆집은 일반 주택이 아니라 교회다. 담장을 사이에 두고 교회 마당과 맞붙어 있는 형국이었다. 신도 수에 비해 교회 건물은 무척 컸다. 언덕 위로 위풍당당하게 솟은 붉은 벽돌 건물이었다. 목사님은 허물어진 담장을 쌓을 때부터 우리 집을 기웃거렸다. 새 이웃에 대해 잔뜩 궁금한 기색이었다. 담장 너머로 첫인사를 나누고서도 볼 때마다 이것저것 질문을 했다. 일하면서 마시라고 음료수를 넣어주기도 하고. 그러면서도 탐색의 눈길을 거두지 않았다. 목사님이 어떤 성품인지 궁금한 건 우리도 매한가지였다. 우리의 통행길을 교회에서 오래전부터 막아놓았다는 사실을 알고 있었던 터라 길을 뚫어야 하는 당면한 과제도 있었다.

우리 집은 대문을 나서면 길이 양쪽으로 나 있다. 오른쪽으로는 교회 앞을 지나 마을로 통하는 지름길이, 왼쪽으로는 골목을 빙 둘러 내려가야 마을이 나오는 좁고 가파른 비탈길이다. 눈이라도 내리면 미끄러워서 사람이나 차가 못 다닐 정도였다. 어찌된 일인지 경사가 완만한 오른쪽 길이 잡목과 철망으로 막혀 있었다. 그 바람에 성가시게도 지름길을 두고 왼쪽 길로 둘러 다녀야 했다.

전 주인의 말로는 28년 전 이 집을 지었을 때만 해도 오른쪽 길로 자유롭게 다녔다고 한다. 길이 막힌 것은 공터였던 곳에 교회가 들어서면서였다고. 자기 집 옆에 교회가 들어선다는 이야기를 듣고, 전 주인은 주민들을 부추겨 교회 신축을 반대했었다고. 그래도 교회는 건축되었지만 그 일로 인해 담장 사이의 이웃이 서로 반목하게 되었던 것. 교회는 주민들에게 경계심을 가지고 이 집과 교회 사이로 나 있던 길을 막아버렸다. 아무리 그래도 통행로를 막는다는 것은 있을 수 없는 일이 아닌가. 전 주인과 주민들은 교회 신축에 반대한 일이 죄밑이 되었던지 길을 빼앗기고도 누구 하나 나서는 사람이 없었다고. 그러다 보니 길이 막힌 채 오늘에 이르렀던 것.

그런 사실을 알고 나니 집수리를 하면서도 머릿속이 복잡했다. 길 문제는 어떻게든 풀어야 할 숙제였다. 관에 신고를 해서 도움을 청해야 하나, 아니면 목사님과 담판을 지어야 하나. 우리 뜻이 받아들여지지 않을 때는 또 어떡하나. 서로 상처 주지 않고 합리적으로 길을 열 방법은 없을까. 멀쩡한 길을 두고 둘러 다니는 바보짓을 할 수는 없는 노릇이었다. 우리가 기독교인이라면 교회를 다니면서 풀 수도 있을 텐데, 길 때문에 거짓 교인이 될 수도 없고. 시간을 두고 생각할 일이었다.

그 와중에도 벽돌공은 일하러 오갈 때마다 잡목과 녹슨 철망을 헤치고 오른쪽 길로 들락거렸다. 목사님은 그걸 아는지 모르는지 길에 대해선 함구했다. 서로가 그 문제에서 자유롭지 못한 채 눈치만 보고 있는 게 분명했다.

"이 구멍은 왜 내는 겁니까?" 담장을 기웃거리던 목사님이 물었다. 표정이 진지했다. "소통하려고요." 대답이 바로 나가자 목사님은 아, 하고 입을 딱 벌렸다. 좀 뜻밖이란 얼굴이었다. 그것은 이제 이웃이 된 교회와도 소통하겠다는 뜻이었지만 오랫동안 교회가 막아버렸다는 길을 활짝 열어줄 때가 되지 않았나요 하는 질문이 포함되어 있었다. 굳이 세세하게 설명하지 않더라도 그 마음이 담장에 난 구멍을 통해 목사님에게 가닿기를 바랐다. 목사님은 어느 순간 고개를 끄덕였다.

다음 날, 담장 구멍으로 목사님이 지네약을 건네주셨다.

"이곳은 산이 가까워서 지네가 많이 사니까 조심해야 합니다. 저희 집사람은 지네만 보면 질겁을 하거든요."

목사님의 목소리가 따뜻했다. 그의 내면에서 무언가 훈훈한 변화가 일어났다는 생각이 들었다. 하지만 거기까지는 생각지도 못한 터였다.

"잡목들은 원하시면 다 베어드리고 철망도 걷어드릴 테니 이쪽 길로 다니세요. 주차도 필요하면 교회주차장에 하시고. 장로님들도 다 허락하신 일입니다."

목사님이 환하게 웃었다. 우리 모두의 고단한 숙제가 단박에 해결되는 순간이었다. 너무나 갑작스러워서 허탈할 지경이었다. 어떤 진정성 있는 대화로 이야기를 시작할까 고심하고 있었는데, 기적 같은 일이 일어난 것. 우리가 한 일이라곤 그저 소통을 바라는 마음으로 담장에 구멍을 낸 것밖에 없었는데. 소통도 이 정도면 최상급이랄밖에.

늙은 페인트공의 노래

...

낡은 촌집을 수리할 일꾼들이 왔다. 난쟁이처럼 작고 왜소한 80세의 페인트공이 미장공과 보조를 데리고 나타났다. 검버섯이 핀 얼굴에 눈주름을 잡으며 웃는 모습이 선해 보였다. 그런데 행색이 여간 초췌한 게 아니어서 페인트통을 들고 사다리를 올라갈 힘이나 있을까 의심스러웠다. 노인에게도 미대를 나와 초상화가로, 극장 간판화가로 잘나갔던 젊은 시절이 있었단다. 긴 머리에 베레모 쓰고, 파이프 담배 옆으로 딱 물고 극장 간판 그리는 모습이 꽤 근사했을 것이다. 실제로도 간판 그릴 때는 여자들이 많이 따랐단다. 서른두 살 되던 해에 열일곱 살의 이쁜 처자와 결혼해서 48년 동안 잘 살고 있다며 천진하게 눈웃음지었다. 그렇다 해도 80 노인이 자칫 사다리에서 떨어져 사고라도 나면 큰일이었다. 마음이 복잡했다. 눈치 빠른 노인이 그쯤에서 자신이 이 일을 한 지 45년이나 됐노라고, 이 동네 웬만한 집 담벼락이며 심지어 교회 십자가까지 자신의 붓질이 닿지 않은 데가 없노라고 자랑했다. 몸이 가벼워서 사다리도 잘 탄다는 말까지 덧붙이면서. 그 말에 다소 안심이 되었지만 찜찜한 마음은 가시지 않았다.

우선 위험부담이 없는 방문짝과 창문틀부터 맡겼다. 수리 기간을 최대한 단축하고 싶은 게 우리의 욕심이었다. 숙련된 솜씨로 2인분 손칼국수 면발을 17초 만에 뽑는다거나 뭐 그런 생활의 달인들이 떠올랐다. 어쩌면 이 어르신도 45년 경력의 숨은 달인일지도 모를 일이었다. 그래서 페인트칠을 재빨리 끝내버린다면 얼마나 좋을까 하는 기대를 했다. 뜻밖에도 기대가 깨지는 데는 한나절이면 족했다. 노인의 붓질은 재빠르지도 세련되지도 못했다. 옛날 가요 메들리를 담은 녹음기를 호주머니에 넣고, 소리 죽여 들으면서 한없이 느린 붓질을 했다. 마스킹 테이프를 사드렸는데도 귀찮은지 붙이지 않고 유리창에 페인트가 묻어나면 신나로 쓱 닦으면 그만이었다. 유리에 신나가 묻으면 얼룩이 져서 이발소 창문이 되기 십상인 걸 아는지 모르는지. 게다가 노인이 데리고 온 미장공은 알콜중독이었다. 점심으로 해드린 카레를 맛있게 먹고 막걸리를 두어 잔 마신 것까지는 좋았는데 몰래 몇 통을 더 갖다 마시고는 대취한 것. 그 바람에 멀쩡한 기계를 오작동시켜 하마터면 미장공의 다리가 잘릴 뻔했다. 술 취해 걷지도 못하는 그를 차에 태워 갔는데 자기 집이 어딘지 기억을 못해 동네를 몇 바퀴나 돌아야 했는지 모른다. 또 보조공의 한쪽 다리가 의족이었다. 무거운 짐을 지고 옥상을 오르내리는 일이 아슬아슬해 보여 마음을 졸였다. 뇌출혈로 쓰러져 누운 그의 부인은 수시로 남편에게 전화를 해대어 일을 방해했다. 지켜보던 지인이 산재보험도 안 든 판에 사고 나면 보상금 때문에 신세 조지는 거라고 우리보다 더 혼겁을 했다. 어디서 이런 사람들을 데리고 왔느냐고 다 잘라버리라고 성화였다. 밤늦도록 고민이 깊었다. 노인에겐 이미 일주일 치를 가불해드린 뒤여서 다음 날부터 나오지 말라고 통보를 할 참이었다. 그런데 뒷날 아침에 우리보다 일찍 나온 노인은 여전히 낮은 노랫소리를 들으면서 페인트칠을 하고 있었다. 그 가벼운 몸짓을 보고 도무지 그만 하시라는 말이 떨어지지 않았다. 노인을 돕는답시고 한 이틀간 페인트칠을 해봤는데 이게 영 쉽게 볼 일이 아니었던 것이다. 마음처럼 붓질이 가지 않는 건 물론이고 신나 냄새 때문에 속이 울렁거려 죽을 지경이었다. 가만히 보니 내가 칠한 문짝은 표면이 고르지 않았다. 요령 없이 그저 빨리 칠하려고 페인트를 두껍게 처발랐던 것이다. 노인은 달랐다. 초벌을 얇게 발라 마른 뒤에 재벌을 또 두어 번 더 칠했다. 처음부터 너무 잘 칠하려고 한 번에 칠하지 말라고. 도무지 목소리를 높이는 법이 없는 노인이 나직하게 일러주었다. 그의 붓질이 마치 시간의 주름처럼 보였다. 잘 알지도 못하고 성급하게 노인을 판단해

버린 내 투미함이 부끄러웠다.

　28년 동안 전 주인이 한 번도 손본 적 없다는 이 낡은 집의 존재가 새삼 돌아보였다. 힘세고 날랜 페인트공이 와서 쓱싹 쓱싹 한 이틀 만에 서둘러 끝내고 돌아서 버렸다면 어땠을까. 시간의 주름 따위는 생각지도 못했으리라. 이 집에 사는 동안 나는 아마도 조갑증에 걸린 듯 마음이 쫓길 때면 노인의 느린 붓질을 기억하게 될 것 같다. 지난 세월을 어루만지듯 노인의 조신하고 느린 붓질이 지나간 문이며 벽면을 그윽하게 바라보면서.

　노인의 녹음기에서 낮은 노랫소리가 흘러나왔다. 나도 모르게 따라 불렀다.

　"~겨울의 기나긴 밤 어머님하고 두―울이 앉아, 옛이야기 들어라. 나는 어쩌면 생겨 나와 이 이야기 듣는가. 묻지도 말아라. 내일 날에 내가 부모 되어서 알아보리라―"

토지문화관에서 보낸 한 철

...

　원주 토지문화관 집필실에 짐을 풀고 가을 한 철을 났다. 박경리 선생이 말년의 생을 보낸 곳인데, 생전에 후배작가들의 글쓰기를 지원하기 위해 만든 무료집필실이 있어서 작가들에게는 더 각별한 공간이다. 오래전 하동 토지문학제에 가서 단상에 오른 선생을 먼발치에서 딱 한 번 뵌 게 전부였는데도, 슬럼프에 빠졌을 때 원주 집필실을 떠올렸었다.

　살아계실 때, 선생의 거처에는 밤늦도록 불이 켜져 있었다고 한다. 입주작가들은 그 불빛을 보면서 아, 선생이 저기에 계시는구나 하고 나태해지려는 마음을 다잡았다고. 이제 선생은 가셨지만 그곳에 가면 내 마음속의 불빛을 다시 켤 수 있을 것 같았다.

　입주한 날부터 내겐 하루하루가 참 귀하고 소중했다. 밥 먹으러 가는 길에 지름길을 두고 공연히 문화관 정문으로 들어가서 매번 처음인 듯이 전시관을 둘러보곤 했다. 선생이 남기고 가신 육필원고며 필기구, 저작들, 젊은 날의 사진, 반 짇고리, 밭농사 기구들까지. 그것들 앞에 가만히 다가서면 선생이 그럴 수 없이 가깝게 느껴졌다. 『토지』를 끝내고 나니 늙은이가 되어 있더라는 선생의 탄식이 들리는 것 같아 가슴 이 먹먹해지곤 했다.

나는 장편을 준비하고 있었다. 부산, 경주, 울산, 목포, 대전 에 흩어져 있는 취재원들을 만나 인터뷰한 취재 노트며 인쇄 자료들을 잔뜩 챙겨 온 참이었다. 그 바람에 좀 긴장한 나머 지 산책도 자제하고 처음 며칠간은 밤낮 책상에 붙어 있었다.

내 옆방에는 오로지 읽고 쓰는 것만이 생의 전부인 작가 K 가 여름부터 입주해 있었다. 작가집필실을 전전하며, 소주 세 병에 문장 한 줄을 뽑아낸다는 그네의 소설에 대한 진정 성 앞에서는 할 말을 잃을 정도였다. 물질은 사라지고 오롯 이 정신만 남은 그토록 문학적으로 깡마른 몸을 나는 처음 보았다. 거기에 살찐 내 몸을 겹쳐보면 몰래 부끄러웠다.

그네가 어느 술자리에서 툭 내뱉었다. 이번에 나가면 다시 는 소설 같은 거 쓰지 않을 거라고. 푸드 트럭 하나 사서 장 사할 거라고. 이상문학상을 비롯한 여러 문학상 수상 작가인 그네가 던진 뜻밖의 발언에 우리는 적잖이 충격을 받았다. 첫 장편의 완성을 목전에 두고 들떠 있던 이제 3년 차 신인 작가인 S가, 아니 우리는 어쩌라고 유명작가가 그런 나약한 소리를 하느냐고 그 말은 거두어달라고 간청 아닌 간청을

했다. 엄살이 아니라 현실이라고 손사래를 치는 그네를 보면
서 유명이나 무명이나 힘들긴 마찬가지인 우리네 문학 현실
이 안타까웠다. 그런데 그 며칠 뒤 숨은 반전이 있었다. 인생
이란 그런 숨은 반전 때문에 살 만한 것인지도 모르겠다. 그
네가 퇴실한 뒤, 어느 저녁 식사시간에 누군가 그네의 수상
소식을 전했다. 지난해에 발표한 그네의 장편이 상금이 많은
문학상을 수상하게 됐다는 소식이었다. 고개 푹 숙이고 말없
이 밥만 퍼먹던 집필실 작가들이 화들짝 놀라 너도나도 그네
에게 축하 문자를 날렸다. '고깃근이라도 끊어 보내고 싶은
마음'이라는 그네의 답신에 벌써 고깃근이 배달되어 온 것마
냥 다들 즐거워했다. 수상 인터뷰에서 그네는 소설을 그만
쓰려고 했더니 야단 맞는 기분이라며 활짝 웃었다. 누군가
나도 그런 야단 좀 맞아봤으면 소원이 없겠다고 너스레를 떠
는 바람에 또 웃음이 터지고. 상금 덕에라도 그네가 따뜻한
겨울을 보내기를 바라는 마음들이었다.

　남들 같으면 그 상금으로 해외여행이라도 다녀오련만 그
네가 올 초에 또 다른 집필실에 들어가 있단다. 상금을 못 받
았다면 그네는 정말 푸드 트럭이라도 사서 거리로 나섰을까.
그런 걸 위대한 거짓말이라고 해야 하나. 그네는 또 어떤 소
설로 우리를 각성시킬까.

　토지에서 만난 희곡작가들도 참 인상적이었다. 30대 중반
의 김은 글을 쓰기 위해서 6년 전부터 전시부스 만드는 회사

소속으로 일을 하고 있다. 지금은 팀장이다. 그는 글을 쓰려면 생활이 해결되어야 끝까지 갈 수 있다는 주의다. 집필실에 3개월씩 입주해 있으면서 주말에는 일을 하러 간다. 그 수입으로 생활하고 나머지 시간은 읽고 쓰고 공연 올리고. 나는 김을 참 경이롭게 봤다. 이야기가 얼마나 찰진지. 남다른 체험 덕분에 자기 이야기만 읊어도 소설이고 극이었다. 입주한 희곡작가들이 여럿이었다. 다들 입심이 장난 아니었다. 독서력 또한 만만찮았다. 김의 별명은 엄마였다. 자기는 술 한 잔도 입에 안 대고 담배 한 대 안 피면서 2년 전에 토지에 있을 때 모과주 담가서 숨겨놓은 걸 이번에 다 꺼내다가 우리한테 주고는 방에 들어가버린다. 그러고는 밤 꼴딱 새고 새벽까지 희곡 한 편을 턱 써내는 것이었다.

5년째 장편을 만지고 있는 소설가도 있었다. 신경숙 표절 사태 이후 작가로서 얼마나 부끄러웠는지 모른다고. 그저 아무렇게나 소설 써서는 독자에게 부끄러운 일이라고. 이제 한 달만 주무르면 던져도 될 것 같다고 수줍게 웃었다. 그 웃음은 일상의 온갖 핑곗거리에서 헤어나오지 못하는 내 등짝을 사정없이 내리치는 죽비 같았다.

토지를 생각하면 나는 어디 먼 곳에 남모르게 비밀스런 가족 하나를 숨겨놓고 온 것 같은 기분이 든다.

선생을 닮으려는 작가들이 오늘 밤도 불을 환히 밝히고 있는 그곳에.

서해안 낙조

...

서해안 바닷가에서 낙조를 만났다. 태풍 지나간 한낮의 쨍쨍했던 햇빛 때문이었을까. 낙조가 그토록 아름답고 장엄할 수 있었던 것은. 윌리엄 터너의 격렬한 붓 터치 같은 빨강과 다홍, 노랑, 연보랏빛 등으로 물든 구름. 저녁 바다에 쏟아지는 색색의 찬란한 빛살. 광활한 바다 저편으로 끝없이 뒤척이며 퍼져나가는 윤슬. 그 대자연의 황홀경 속으로 나는 속절없이 빨려들었다. 맨발바닥에 닿는 모래는 더없이 부드럽고 바닷바람은 비단천을 두른 듯 매끄러웠다. 색깔이 예쁜 엄지손톱만 한 자갈을 몇 개 주워 들고 나는 천천히, 오래오래, 백사장을 걸었다.

언제 이렇게, 일출보다 일몰이 더 좋은 나이까지 온 것일까. 스무 살 즈음에는 내 생의 밑불을 제대로 살리지 못할 것 같은 예감에 얼마나 자주 시달렸던가. 어느새 이만큼 살아낸 것일까. 자취방의 탄불을 갈다가 벌겋게 달아오른 밑불을 그만 발등 위에다 떨어뜨리고서 팔팔 뛰던 그 겨울밤. 나는 지독히도 밑불 살리는 일에 서툴렀다. 걸핏하면 연탄불이 꺼진 냉방에서 깨어나던 그 아침의 쓸쓸하던 기억.

연탄을 갈 때는 밑불이 적당한 때를 놓치면 안 된다. 다 탄 연탄재를 떼어내고, 밑불을 아궁이에 넣고서, 그 위에 구멍을 잘 맞춰서 새 연탄을 올려야 한다. 그럴 때, 밑불이 너무 적게 남아 있으면 새 연탄에 제대로 옮겨 붙지 못한 채 슬금슬금 꺼져버린다. 인생도 그런 거다. 스무 살 즈음은 인생의 밑불 같은 나이가 아니겠는가. 스무 살이라는 밑불을 잘 살려야 서른 살, 마흔 살이 활활 타오를 수 있지 않을까.

어떻게 하면 글을 잘 쓸 수 있느냐고 묻는 사람들에게 나는 작문도 연탄 밑불 살리기 같은 거라고 말하곤 했다. 글쓰기에서 최초의 발상이 밑불이라면 그 불씨를 꺼뜨리지 않고 끝까지 잘 살려나가야만 제대로 된 작문이 되는 거라고. 인생이나 작문이나 매한가지라고.

서른 즈음, 소설 잘 쓰던 친구 K의 재능을 몰래 질투했다. 일상에 발목 잡혀 글쓰기와 담쌓고 살던 시절, K의 소식은 내 신경을 긁었다. K는 신춘문예 최종심에서 몇 번의 고배를 마시더니 한 문예지 추천으로 등단을 했다. K가 자신의 등단작이 실린 책을 보내왔을 때, 나는 질투심을 숨기려고 좀 넘치게 축하 편지를 썼다.

이후 K는 곧장 결혼을 했고 아까운 재능을 묻어버렸다. 하던 일을 접고 다시 소설 쓰기를 시작한 나는 그 이태 뒤에 지역 일간지에 덜컥 낙점이 되었다. 그 때문에 나는 스무 살 즈음의 예감이 무색하게 인생을 숭고하게 생각하는 사람이 되었다.

쉰 살이 넘었을 때, 가끔씩 공상에 빠지곤 했다. 자고 일어나면, 한번쯤 낯선 세상에 당도해 있었으면 하고. 인생이든 사랑이든 정말 새롭게 시작할 수 있는 그런 세상에서 다시 깨어나 봤으면. 나쁜 놈들이 종합선물세트처럼 등장하는 9시뉴스 같은 세상이 아니라, 이제 향상될 여지라곤 없어 보이는 나란 인간이 아니라, 전혀 다른 세상과 전혀 다른 인간으로 바뀌어 있었으면 하고.

백사장에서 놀던 한 아이가 내게 다가왔다. 아이는 손가락으로 해변의 소나무 숲을 가리켰다. 무지개였다. 낙조와 무지개라니. 찬란한 빛의 향연이었다. 나는 그 사랑스런 아이의 머리를 쓰다듬어주었다.

이제 공상 따위 하지 않은 지 오래지만, 세상이든 주변이든 저토록 치열하게 물들이고 갈 수만 있다면 하고 이번엔 서해안 낙조를 몰래 질투했다.

세상
속으로

작가는 무엇으로 사는가

...

송도 암남공원의 조각작품이 훼손된 사실을 뒤늦게 알게
된 것은 지난달 중순이었다. 2013년 1월에 부산 소설가들이
암남공원으로 산행을 갔을 때만 해도 제자리를 잘 지키고 있
었다. 돌 작품은 돌 작품대로, 철 작품은 철 작품대로 자연
속에서 불어오는 해풍에 잘 녹슬어가고 있었다.

그런데 이 3년 사이에 무슨 일이 일어난 것일까. 김원경의
철 작품 〈터로서의 몸-합〉과 영국작가 데이빗 에머슨의 철
작품 〈은은한 선〉이 녹이 슬었다고 관할 구청에서 붉은 페인
트칠을 했다는 웃지 못할 일이 벌어진 것이다. 철 표면에 생
긴 녹이 인간의 나이 들어가는 모습을 상징하는 〈터로서의
몸-합〉이나, 다양한 철재의 물성을 탐구하며 작업하는 철 조
각가 데이빗 에비슨의 녹은 모두 작품의 일부분이다. 에비
슨은 수년 전에 영국에서 일부러 암남공원을 찾아와 자신의
작품이 은은하게 녹슬어가고 있는 모습을 확인하고 흡족해

서 돌아갔다고 한다. 작가의 작품은 작가의 분신과 같은 것이다. 자신의 작품을 한낱 녹슨 고철덩어리 쯤으로 생각하고 페인트칠을 해버렸다는 것을 알게 된다면 작가의 심정이 어떨까.

프랑스 작가 프랑시스 바일의 움직이는(키네틱) 돌 작품 〈530〉도 걱정스럽다. 암남공원 케이블카 설치작업 때문에 수장고에 보관되었다는데 과연 수장고가 있긴 한 건지 의문이다. 〈530〉이란 작품 제목은 바일이 만든 작품 숫자를 뜻한다는데, 그렇게 많은 작품을 제작한 작가 자신도 이 작품을 설치할 때 애를 먹었다고 들었다. 그런데 이런 키네틱 작품을 작가 입회 없이 이동했다면 파손 위험도 있을 것이다.

김원경 작가를 만나러 부산역으로 가는 버스 손잡이에 매달려 이런저런 생각으로 머릿속이 복잡했다.

작년이었던가. 손석희의 JTBC 뉴스에 나왔던 독립기념관의 3·1기념상 청동조각을 흰 페인트로 칠해버린 한심스런 사건이 떠올랐다. 시민들도 경악했지만 8년 만에 우연히 그 사실을 알게 된 박충흠 작가의 마음은 또 어땠을까. 이 땅의 공공미술품도 수난이 말이 아니다. 작가가 혼신을 다해 만든 도심의 공공미술품에 음식점 스티커를 붙이거나 담배꽁초를 폭탄 터진 듯이 마구 꽂아놓거나 광고판으로 작품의 가시권을 가려버리는 것쯤은 예사다.

조각가 김종영이 만든 3·1독립선언기념 조각상의 수난사도 생각난다. '온 국민의 시각화된 역사'라고 일컫던 이 조각상은 1979년 탑골공원 정비사업 때에 일방적으로 철거되어 삼청공원 계곡에 비닐로 덮인 채 방치되었다. 지나가던 등산객에게 발견되어 언론에 기사가 나오고, 미술사학자 임영방, 조각가 최종태 등을 위시한 후학들이 끊임없이 항의성 칼럼을 쓰고 관계기관에 투서를 했다. 이에 각계의 복원 건의가 잇따라 1992년에 비로소 서대문 역사 공원에 복원되었다. 하지만 김종영 선생은 그 충격으로 병을 얻어 복원을 보지도 못한 채 1982년(68세)에 돌아가셨다. 선생의 상처가 얼마나 컸을지, 존경하는 선생을 보낸 후학들의 슬픔은 또 어땠을지.

6년 반 만에 만난 김원경 작가도 며칠 동안 잠 한숨 못 자고 도무지 식욕조차 없다고 했다. LA 말리부 해안가에 있는 검은 바다가 장막처럼 일어서던 문쉐도우에서의 추억이 아련한데, 이 뜻밖의 복병 때문에 우리의 유쾌해야 할 만남이 한숨이 되었다. 2002년 부산비엔날레 조각 프로젝트에 초청된 유일한 여성작가였던 그네의 〈터로서의 몸-합〉은 크기가 850×290×360cm나 되는, 구부러진 원통형의 철제구조물이 마치 알을 품고 있는 듯한 미니멀한 형상을 하고 있다. 당시 녹산제작소에서 작업을 시작한 지 2주 만에 체중이 10kg이나 빠졌을 정도로 힘든 작업이었다. 쇠를 자르고 수천 도의 불로 직접 용접해서 이어붙이는 강도 높은 작업을 혼자서 고스란히 감수했던 것. 녹산 제작소의 식당 아주머니가 "여자가 와 그리 험한 일을 하고 사는기요. 일당은 얼마나 받는 기요." 하고 걱정했을 정도로. 그네를 여자라고 얕보던 담당 공무원도 그네가 밤샘작업까지 마다하지 않는 걸 보고는 그제야 적극 도와주었단다. 우여곡절 끝에는 꼭 '합'을 이뤄내어야 직성이 풀리는 게 그네의 성격이고 작업방식이었다. 이번에도 관할 구청의 기관장을 찾아가 이 문제를 항의하고 시정을 요구하여 '합'을 얻어낼 작정이었다.

그네와 흔쾌히 동행했다. 기관장에게서 녹이 슬어 방치되어 있다는 시민의 제보가 끊이지 않아서 페인트칠을 했다는 믿기지 않는 해명을 들었다. 다행히 실수를 인정하고 페인트를 벗겨낸 뒤 더 넓고 좋은 자리를 잡아서 작품을 설치해주겠다는 약속까지 시원스럽게 했다. 작가가 작품을 원래 자리에 놓아주기를 원했지만 그것만은 케이블카 설치 때문에 불가하다고 단언했다. "근데 해시계하고 작가님 작품 중에서 시민들이 어떤 걸 더 좋아하겠습니까?" 기관장의 질문이 참 순진무구했다. 암남공원 입구에 꽃을 잔뜩 심어둔 해시계는 여전히 제자리를 차지하고 있었다. 자신의 분신 같은 작품과 모형 해시계를 비교당한 작가가 자조적으로 웃었다. 기관장의 질문이 마치 뽕짝이 더 좋은 음악입니까, 클래식이 더 좋은 음악입니까 하는 항의처럼 들렸다.

"시민들이 뽕짝을 좋아한다고 맨날 뽕짝만 틀면 되겠습니까?" 작가가 말했다.

소리로 듣는 문장

...

도무지 책이 읽히지 않을 때는 문장도 쓰이질 않는다. 그렇게 막막할 수가 없다. 어디에서부터인가 길을 잃었는데, 아니 너무 멀리 나와버린 것 같은데 어떻게 되짚어가야 할지 몰라 헤매던 때가 있었다. 사람 만나는 일조차 두렵고 이대로 모든 것이 끝나버리는 것은 아닌가 불안한 마음으로 하릴없이 인터넷을 뒤지곤 했었다. 그러다가 우연히 좋은 친구를 만났다. 인터넷 문학라디오 방송 〈문장의 소리〉. 그 방송이 아니었더라면 어디서 위안을 찾았을까. 한때 〈문장의 소리〉는 나의 은신처였다. 〈문장의 소리〉를 듣고 있으면 어쩐지 내가 외따로 떨어져 있는 것이 아니라, 문학이라는 큰 테두리 안에 묶이는 느낌을 받곤 했다.

무엇보다 방송을 통해 듣는, 열심히 쓰고 있는 젊은 작가들의 이야기는 게으르고 나태한 나를 자극했다. 그들은 자신이 골라 온 좋은 문장이나 출연 작가의 작품 중에서 인상적인 대목을 들려주었다. 그러고는 역시 작가인 진행자가, 출연자들에게 글쓰기와 문학에 관련된 일상에 대해서 질문을 던진다. 그들이 조곤조곤 들려주는 답변은 또 얼마나 진솔한지. 적확한 표현을 하기 위해 단어를 고르는 작가들의 조신한 말투는 때론 잘 쓴 문장처럼 들린다. 그들의 목소리 또한, 인위적인 연기의 흔적이 느껴지는 배우가 읽어주는 문장과는 달리 담백해서 얼마나 매력적인지.

짧은 시는 전체 내용이 단숨에 들어오는 그 울림이 좋고, 앞뒤 문맥을 잘라버리고 발췌한 소설 문장은 그 인상적인 대목 때문에, 그 문장이 실린 소설집을 구하기 위해 시간을 내는 동안의 기다림과 설렘이 좋았다. 엘리자베스 토바 베일리가 쓴 『달팽이 안단테』, 미시마 유키오의 『가면의 고백』 등의 책들은 〈문장의 소리〉가 아니었다면 읽어볼 생각도 못했을 것이다.

문장은 눈으로 들어오지만 문장의 소리는 사람의 가슴속에 곧바로 가서 닿는다. 레몽 장이 쓴 『책 읽어주는 여자』에서 휠체어에 앉은 예민한 소년은 여자가 읽어주는 모파상의 소설 「손」의 한 대목을 듣고 기절한다. 소리 내어 읽어주는 독서 행위가 인간의 감성을 얼마나 직접적으로 건드리는가를 잘 보여주는 장면이다.

첫 아이가 한글을 익힐 무렵, 토끼굴에 들어간 소녀 이야기를 읽어주던 기억이 난다. 아이가 한 문장, 그다음엔 내가 한 문장을. 둘이서 번갈아 읽어가다 보면, 그림이 많고 글밥이 적은 동화책 한 권쯤은 금방 바닥이 난다. 감질맛이 난 아이는 이내 백조가 된 미운 오리 새끼를 가져와서 읽자고 재촉하고. 엄마가 그만 읽자고 할까 봐 제가 먼저 첫 문장을 더듬더듬 읽어나가곤 했다. 하지만 아이와 함께한 행복한 문장 읽기는 그리 오래가지 못했다. 내가 곧 일을 시작하게 된 탓이었다. 안타깝게도 둘째 아이와는 그나마의 시간조차도 함께하지 못했다. 엄마가 일을 하는 동안 보행기에 앉은 아이는 할머니랑 함께 TV 속에 들어가 놀았다. 그 일은 내게 늘 자책감으로 남았다. 지금은 성인이 된 두 아이에게서 독서력의 차이를 느낄 때면 둘째에게 죄인이 된 기분이다.

문장을 눈 감고 귀로 들어보면, 눈으로 읽는 것보다 확실히 교감이 확장되는 면이 있다. 아이들이 어릴 때는 엄마들이 더러 동화책을 읽어주곤 한다. 그러다가 아이가 크고 문자를 알고 나면 더 이상 책 읽어주기를 하지 않는다. 책 읽어주기는 꼭 아이들에게만 필요한 덕목이 아니다. 이번 학기 글쓰기 강좌를 듣는 학생들에게 〈문장의 소리〉 방송을 3회 이상 듣고 감상 올리기를 과제로 내었다. 학생들이 어떤 반응을 보일지 벌써부터 기대된다. 문장은 눈으로 읽는 것이지만 문학이 소리를 입으면 색채가 있는 음악이 되는 것 같다.

〈문장의 소리〉가 이미 300회를 훌쩍 넘겼다. 방송 횟수로만 보면 TV 예능프로 〈무한도전〉과 맞먹는다. 문학의 위기가 거론된 게 어제 오늘의 이야기가 아닌데, 오직 문학을 화제로 진행하는 방송이 7년을 넘겼다는 사실은 예사롭지 않은 일이다. 그것도 기성 방송인이 아니라 시나 소설을 창작하는 순전한 작가들이 진행하는 방송임에도 불구하고.

대중적인 인기에 일희일비하지 않고 묵묵히 좋은 문장을 들려주는 〈문장의 소리〉가 오래도록 우리 곁에 남아 있었으면 좋겠다.

이우환과 인문학적 상상력

...

　이우환의 대규모 회고전이 열리고 있다. 그것도 현대미술이 기록되는 뉴욕의 구겐하임미술관에서. 아시아인으로는 2000년에 백남준, 2008년에 중국의 차이궈창에 이어 세 번째다. 이우환 개인에게는 축복이요 동시대 한국작가들에게는 꿈과 희망을 품게 하는 사건이 아닐 수 없다. 유례없는 미술관 전관 전시도 그렇고, 90여 점 이상이나 되는 작품을 3개월 동안이나 전시한다고 하니 생각만 해도 가슴 벅찰 일이다.

　작년 겨울, 구겐하임에 갔을 때 이미 예고돼 있었던 전시여서 공연히 마음이 설렜다. 그때, 다시 와 봤으면 했지만 마음뿐이었다. 그나마 이렇게 구겐하임에서 제공하는 동영상을 보는 걸로 위안을 삼는다.

　1층 로비에는 〈대화〉라는 제목이 붙은 조각작품이 전시되었다. 산업사회의 출발인 철판을 사이에 두고 자연을 상징하는 두 개의 돌이 양쪽으로 놓여 있다. 사물이든 인간이든 서로 대등하게 만나 대화를 통해서 변화해나가는 것을 표현하려고 했을 터인데 가로막힌 철판 때문에 대화가 쉽지 않을 것 같다. 그의 조각은 나무나 돌, 철판 등의 가공하지 않은 소재를 있는 그대로 놓아두고 사물과 공간의 관계를 보여주려고 하는 작업이다. '사물에서 존재로' 가는 것, 이것이 바로 그가 창시한 '모노하(物派)'이다.

방석 위에 거리를 띄워서 돌을 하나씩 올려놓은 작품, 시적 순간을 만들기 위해서 바윗돌을 떨어뜨려 통유리판을 깨놓는 조각작품들도 보인다. 그는 자신의 이러한 작업을 작품을 통해서만이 아니라, 이론적 바탕을 구축하는 글로도 끊임없이 써왔다.

그의 그림은 지극히 단순하고 간결하다. 붓으로 그린 한 점이나 두 개의 점, 또는 연속된 점이나 선 같은 그림들. 사물의 근본만을 그리고, 기교나 각색을 최소화한 이런 미니멀한 그의 추상회화 작품이 관객에게 주는 깊은 울림은 그가 쓴 글의 영향이 크다. 20세기 초 몽마르트르에서 시인과 화가들의 만남이 빈번했던 데서도 알 수 있는 것처럼, 화가는 그림으로 문인은 글로써 서로 만남과 대화를 통해 영감을 주고받았다. 당시에 피카소가 아폴리네르를 만나지 않았더라면 큐비즘이 탄생할 수 있었을까. 큐비즘이라는 명칭과 그 이론적 토대를 마련한 것은 '미라보다리 아래 세느강이 흐르고'라고 노래한 시인 아폴리네르의 글에 빚진 바가 컸다.

나는 이우환의 그림이나 조각보다 글을 먼저 만났다. 화가들 가운데에는 글 잘 쓰는 사람이 유독 많다. 대부분의 글은 독서력에서 나온다. 이우환도 그중의 한 사람이다. 고교 문예반 출신에 철학 전공자답게 그의 글은 인문학적 바탕이 탄탄하다. 독특한 시적 울림이 느껴지는.『시간의 여울』에 있는 그의 에세이 두 편은 일본의 중등학교 교과서에 실렸다고 한다.

가스통 바슐라르는 만남을 '시적 순간의 찾아옴'이라 했다. 이우환의 글이 그러하다. 그의 글은 만남, 조응, 관계로 지칭되는 그의 작품과도 맞춤하게 떨어진다. 그의 에세이 「곰팡이 핀 사과」는 어느 날 여행에서 돌아와 썩은 사과에서 핀 곰팡이를 보고 쓴 글이다. 서재 문을 여니 향긋한 사과 냄새가 진동한다. 곰팡이 핀 사과에서 나는 냄새였다. 얼른 버리려고 하다가 곰팡이가 문득, 자신과 자연과 시간이 만들어 낸 귀중한 작품이란 생각을 한다. 시간의 퇴적 같은 것. 그는 곰팡이 접시를 책상 위에서 사방탁자 위로 옮긴다. 그러자 한결 의미가 있어 보이고 불가사의한 존재감까지 느껴진다. 그가 모노하를 창시한 배경이 우연이 아니란 것이 느껴지는 일화다.

구겐하임에는 칸딘스키의 작품이 180점이나 소장되어 있다고 한다. 그의 경우도 이우환과 마찬가지로 이론적 바탕이

튼튼했다. 그는 소장 법률학자에서 추상표현주의를 창시한 화가였다. 형태를 없애고 내면 세계를 그린 그의 그림을 보고 아동화라고 혹평하는 사람들에게 던진 말이 의미심장하다. "오늘 예술가의 예감에 지나지 않던 것이 내일 지식인의 관심사가 되고 모레는 대중의 취미를 지배하게 될 것이다." 어떤 양식이 의식화되면 예술이 되는 것이다. 이론적 토대 없는 예술은 오래가지 못한다는 이우환의 일침은 결국 예술적 상상력도 인문학을 필요로 한다는 말이 아니겠는가.

돈에 물을 뿌리다

...

〈외치는 예술가들(speaking artists)〉전이 열리고 있는 시립 미술관에서 재밌는 영상 작품을 하나 보았다. 한 아프리카 인 정원사가 달러 지폐를 화초 대신에 화분에 심어놓고, 물을 뿌리고 있는 이 작품의 제목은 〈목마른 정원사(The thirsty gardener)〉, 작가는 카메룬 태생의 바텔레미 토구오.

지폐에 물을 주는 정원사라니. 농담이 지나치군. 물을 뿌린 들 지폐가 화초처럼 자라날 리도 없는데. 얼마나 돈이 절실 했으면, 얼마나 돈에 목말랐으면.

이 아프리카인 정원사는 7분 44초라는 비디오 재생 시간 동안 지폐 화분에 줄창 물만 주고 서 있었다. 작품은 그게 전 부였다. 하지만 상상하기에 따라서는 숱한 서사를 만들어낼 수 있는 이미지임에 틀림없었다.

음, 지구 구석구석이 자본에 잠식되어버린 지 오래인 현실 에 대해 역설과 농담을 던지고 있군. 작가의 의도와는 상관

없이 저 혼자 해석이랍시고 중얼거려보았다.

문득 그 '목마른 정원사'가 마치 내 모습 같다는 생각이 든 것은, 다음 작품으로 천천히 자리를 옮기는 순간이었다. 평일 오전이라선지 전람회장은 한산했다. 양은 물뿌리개에서 끊임없이 지폐 위로 떨어지던 물소리가 오래 귓전에 남아 부끄러운 기억 하나를 불러왔다.

연초에 다급하게 돈이 필요했었다. 딱히 구할 만한 데가 없어서 난감한 지경인데 구원의 여신이 전화를 걸어온 것이었다. 돈을 빌려주겠노라고. 목소리가 따뜻한 여자였다. 여자는 3개월간의 통장거래내역 복사본과 몇 가지 서류를 요구했다. 죽으란 법은 없는 거야. 급할 때는 이렇게라도 일단 위기를 넘겨야지. 이러면서 마감시간이 15분밖에 남지 않은 동사무소로 득달같이 달려갔다. 그러고는 서류들을 팩스로 부치고 여신에게 확인 전화를 했다. 아, 이런. 목소리가 따뜻한 나의 여신은 그새 묵언수행에라도 들어가셨는지 전화를 받지 않았다. 상대가 누군지도 모르고 투미하게 덜렁 정보를 갖다 바치다니. 이미 엎질러진 물을 어떡한담.

집으로 돌아와서 급히 인터넷을 뒤져보았다. 한순간의 방심으로 불법대출업자들의 전화사기에 걸려든 사람들의 신음소리가 낭자했다. 그들은 유출된 정보로 인해 자신도 모르게 대포폰, 대포통장을 만든 범죄자가 되어 경찰서에 불려 다니거나, 고리채에 발목이 잡히는 등등의, 지옥이나 다름없는 삶을 연명하고 있었다. 앞으로 내게 벌어질 수 있는 일들을 상상하는 것만으로도 끔찍했다. 사후처리가 급했다. 거래 은행에 분실신고하고, 휴대폰 3사에 내 명의로 개설정지 신청하고, 신용정보확인 사이트에 가입했다. 나는 왜 이토록 세상살이에 지진아일까, 자책하는 동안 새벽이 밝았다. 우울했다. 하긴 제법 똑똑한 내 친구도, 어느 날 길 가다가 도를 아십니까 하는 남자를 따라가서, 한복으로 갈아입고 제단에 절까지 했다지 않던가. 편뜩 정신이 들어서 도망쳐 나왔는데 참 한심하더라고 심란해하던 얼굴. 그래, 실수하는 게 인간이지. 나는 스스로를 위로했다. 하지만 문학이라는 보호구역 안으로 몸을 숨기고서, 세태에 대해서는 늘 반 박자를 놓치는 자신을 발견하는 일은 실망스러웠다.

모든 이슈가 자본으로 통하는 세상에 살고 있으면서도 어쩌다 나는 경제에 대해 한 번도 공부해본 적이 없었을까. 도서관을 뻔질나게 들락거리면서도 아직 경제 분야 서고 앞에 서보질 않았으니. '행복한 부자를 위한 닭고기 수프' 같은 먹음직스런 제목의 베스트셀러라도 한 권 읽었으련만. 그랬다면 지금의 내가 이렇게 비대칭적 삶을 살진 않았을 텐데. 내 스스로 만든 운명, 누굴 탓하랴.

가까운 사람이 내 얼굴에는 돈이 없다고 말하면 내심 기분이 나빴었다. 자기 얼굴에는 돈이 있다고 자랑하는 그가 얄미워서 흥, 얼굴에만 돈이 있음 뭐하나. 지갑에는 없는데, 하고 비웃어주었다.

　이젠 안다. 생각이 운명을 만들고 얼굴을 만든다는 걸. 먼저 돈에 대한 나의 나쁜 감정부터 물뿌리개로 씻어내려야겠다. 그러고 보니 '목마른 정원사'도 돈에 잔뜩 붙은 죄악과 자신의 마음속에 숨은 욕망을 씻어내고 있었던 건 아닐까 싶다.

읽는 인간

...

오에 겐자부로는 소설가를 '쓰는 인간'이기 이전에 읽기를 통해서 인생을 헤쳐나온 '읽는 인간'이라고 말한다. 그가 아홉 살 때, 태어나서 처음 읽은 책이 『허클베리핀』이었다. 그는 이 책을 읽고 큰 충격을 받는다. 헉은 우연히 만난 흑인 노예 짐과 우정을 나누고 그의 도피를 돕고 있었다. 그 당시 노예는 인간이 아니라 주인의 소유재산이었다. 남의 재산을 훔치면 지옥에 간다는 걸 꽉 믿었던 터라 죄책감에 시달리다 못한 헉은, 짐의 주인인 왓슨 아줌마에게 짐이 있는 곳을 알려주는 편지를 써놓고는 갈등한다. 악동이지만 정의감이 살아 있는 헉은 자신에게 친절한, 잠든 친구 짐의 평화로운 얼굴을 보고 있다가 편지를 찢어버린다. "좋아, 친구를 고발하느니 차라리 지옥에 가는 편이 나아." 하고. 오에 겐자부로는 바로 이 한 장면에 꽂혀 '읽는 인간'이 되었고 마침내 '쓰는 인간'으로까지 나아갔다. 그가 호소력 짙은 작가가 된 건 바로 어린 날, 어머니가 사다 준 한 권의 책 때문이었다. 그것이 그의 인생을 바꾸어놓았다. 문학의 가장 큰 매력은 바로 이런 호소력이 아닐까. 독자는 책을 읽으면서 연신 충격을 받는다. 어쩌면 이 사람은 이런 생각을 다 할까 하고 무릎을 치면서 감탄하고. 그 충격은 책을 읽는 내내, 그리고 책을 덮고 난 뒤에도 따라온다. 그 때문에 또 다른 책을 찾아 읽게 되고. 자꾸 읽다 보면 이런 이야기라면 내게도 있는데 하면서 나도 덩달아 하고 싶은 이야기가 생겨나기 마련이다. 그래서 열렬한 독자는 작가가 되기도 한다.

앙드레 지드는 "아마도 기억보다는 소설이 진실에 더 가까이 도달할 것이다."라고 말했다. 소설은 현실을 재창조하고 그곳에서 현실을 재발견한다. 소설을 읽는 것이나 소설을 쓰는 것은 인생을 두 번 사는 일이 아닌가. 한 번이 그저 숙명적으로 살아지는 삶이라면 또 한 번의 삶, 즉 소설을 읽거나 쓰는 삶은 지나간 한 번의 삶의 의미를 새롭게 발견해내는, 전혀 새로운 삶, 즉 성장하는 삶이 아니겠는가.

한강은 『소년이 온다』 에필로그에서 '그 이야기를 들었을 때 나는 열 살이었다.'라고 썼다. 바로 5·18 광주 이야기였다. 누군가 자초지종을 들려준 게 아니라 어른들이 주고받는 어떤 소년의 이야기를 우연히 주워들었던 것. 소년의 죽음에 대한 이야기는 발설하지 않은 채 어색한 침묵이 이어지다 점점 낮아지던 어른들의 목소리를 엿들으며 품었던 의문의 기억. 그 어린 날의 기억이 진실에 더 가까이 도달하는 데에는 30여 년의 세월이 흘렀다. 그 긴 세월 뒤에, 있을 수 없는 일이 일어난 그 봄날의 폭력과, 폭력에 맞서서 인간적 존엄을 지키려 했던 광주 사람들을 선연하게 그려낸 것이다.

그해 5월 광주의 봄날에서부터, 죽은 소년이 내게로 한 발 한 발 다가올 때, 나는 숨이 멎는 듯한 공포와 깊은 슬픔을 느꼈다. 여러 번 책장을 덮고 가슴을 쓸어내려야 했다. '망각 기계'인 우리들을 일깨우고 다시는 그런 야만의 시간을 만들어서는 안된다는 자각을 불러일으키는 소설의 힘 때문에, 소설이 기사보다 훨씬 더 큰 호소력을 지니는 것이다. 드러난 객관적인 사실보다는 숨겨져 있는 어떤 부분. 그 사건이 일어나게 된 숨겨진 동기랄까. 어떤 인과관계 같은 것을 소설은 구체적으로 그려낼 수 있기 때문이다. 사람들이 흔히 소설 쓰고 있네 하고 비아냥거릴 때 놓치는 게 바로 이 지점이다. 소설은 허구니까 현실과 멀리 있는 거라고 생각하기 쉽지만 사실은 현실을 더 속속들이 파헤쳐서 마치 내 이웃이나 나 자신에게 일어난 일처럼 느끼게 한다는 것이다. 요즈음은 영화가 소설의 자리를 차지해버린 지 오래여서 호소력이라면 영화가 훨씬 대중적이지만 영화가 원작의 호소력에 못 미치기 일쑤다. 영상 언어가 그 촘촘한 문학 언어의 구체적이고 섬세한 상상력을 따라잡기에는 한계가 있다. 대개 원작을 읽고 영화를 보면 실망하는 경우가 많은 것은 이 때문일 것이다.

다독가인 장석주는 『마흔의 서재』에서 행복의 비법을 이렇게 말한다.

"샤워하면서 노래를 하라. 라디오에서 흘러나오는 노래에 맞춰 춤을 추라. 친구에게 시를 써서 보내라. 더 많이 책을 읽어라. 더 자주 웃어라. 더 자주 사랑하라."

그는 또 선동한다.

"더 의미 있는 삶을 살기를 원하는가. 어제보다 더 행복해지기를 원하는가. 그렇다면 지금 당장 책을 읽어라. 읽고, 또 읽어라!"

긴 하루

...

　살다 보면 하루가 마치 한 달이나 일 년, 아니 그보다 더 길게 느껴지는 날이 있다. 지난주 토요일이 내겐 그런 날이었다. 오전에는 고모의 49재가 있었고, 저녁에는 대통령의 즉각 퇴진을 바라는 서면 촛불집회에 갈 예정이었다. 49재에 가기 위해 버스를 타고 영도다리를 건넜다. 고모는 병석에 눕기 전까지 떡방앗간을 운영하신 억척스런 여장부였다. 당신의 6남매뿐 아니라 조카들에게도 인정스런 고모였다. 지나치게 현실적인 게 흠이었지만.

　고모는 내가 중3 때, 인문계 고등학교에 원서를 넣는다고 하자 펄쩍 뛰었다. 네 처지에 무슨 인문계고. 대학 갈 형편도 안 되면서. 나는 고모 말에 기가 죽어서 실업계로 갔다. 잠깐이지만 그 일로 고모를 미워했다. 촛불을 밝힌 불단을 향해 노스님의 목탁소리에 맞추어 절을 하고, 한글로 번역된 불경을 외우면서 고모의 왕생극락을 빌었다. 그 마음에는 아무런 그늘도 없었다. 소각장에서 고인의 옷을 태우는 소대의례를 보면서 어쩌면 죽음이란 고인의 옷이 타는 동안만큼이나 짧고 투명한 것이란 생각이 들었다.

대구에서 온 남동생이랑 절을 벗어나 감지해변으로 가서 늦은 점심을 먹었다. 식당에서 내려다본 초겨울 바다가 햇살에 은빛으로 반짝거렸다. 촛불집회 때까지는 시간이 좀 남아 있었다. 가는 길에 동생과 고향마을인 대평동을 둘러보았다. 나이 들어서 동생과 함께 고향마을을 찾은 것은 처음 있는 일이었다.

차를 대놓고, 어릴 때처럼 동생의 손을 잡고 대평동 구석구서을 걸어다녔다. 옛 기억이 하나씩 딸려 나왔다. 국민교육헌장을 외느라 쪽지에 적어 갖고 다니다가 전봇대를 들이받았던 기억. 대통령이 온다고 한 달 내내 카드섹션 연습을 하느라 햇빛에 얼굴이 발갛게 익어서 콧등에 주근깨가 도도록하게 진해졌던 기억. 제3부두로 파월장병 환송식에 가서 태극기를 흔들었던 기억. 그러고 보니 초등학교 입학 전부터 스물한 살이 될 때까지 내게 대통령은 박정희 단 한 사람이었다. 우리는 박정희를 대통령이란 이름의 고유명사인 줄 알고 큰 세대였다. 유신은 우리의 청춘을 지배했다. 내가 고향마을을 떠난 것이 10·26이 있던 직전 해였으니 박정희와 고향마을의 추억은 어쩔 수 없이 겹친다.

개구쟁이였던 동생의 기억은 엉뚱하기 짝이 없다. 어느 태풍이 몰아치던 날, 바닷물에 빠져 죽을 뻔한 이야기였다. 바다에 빠진 공을 건지러 무작정 파도 속으로 겁 없이 뛰어들었단다. 그 순간 솟구쳐오른 파도 끝에 몸이 붕 떠올랐다가 파도에 휩쓸려 도로 육지로 떨어졌다고. 죽음이 뭔지 모르는 대책 없는 아이 시절의 이야긴데도 가슴이 철렁 내려앉았다.

오후 늦게서야 혼자 서면으로 갔다. 데모하러 가자던 동료작가 K도 어디엔가 와 있을 터였다. 광장에는 대통령의 3차 담화에 분노한 촛불시민들로 발 디딜 틈이 없었다. 쥬디스태화 앞 본부석을 등지고 떠밀리듯이 걷는데 묘한 감동이 몰려왔다. 그때, 누군가 큰 소리로 내 이름을 불렀다. 고등학교 선배 부부였다. 몇 년 전, 용산참사 다큐 「두 개의 문」을 보러 갔을 때도 우연히 극장에서 마주쳤었다. 우리는 고등학교 시절, 같은 불교학생회에 다녔다. 불교 경전을 펜글씨로 필사하던 신심과 함께 치열했던 사춘기적 방황과 불안과 갈등을 공유한 사이였다. 나는 선배에게 손을 들어 보이고는 한참을 더 떠밀려가다 빈 자리를 찾아 앉았다. 앉고 보니 발밑이 하수구였다. 냄새가 심했다. 한 시민이 냄새가 올라오지 못하게 신문지를 몇 장 덮어주었다. 한결 나았다.

공식행사가 진행되는 중에 K와 연락이 닿아 동료작가들과 합류할 수 있었다. 곧 문현동 로터리까지 가두 행진이 시작되었다. 록그룹 들국화가 부른 〈행진〉을 '퇴진'으로 개사해서 목청껏 소리 높여 불렀다.

"퇴진, 퇴진, 퇴진하는 거야."

"대한민국은 민주공화국이다. 대한민국은 민주공화국이다. 대한민국의 모든 권력은 국민으로부터 나온다."

"하야 하야 하야 하야하여라. 박근혜는 하야하여라."

노랫말이 입에 착착 달라붙었다. 어쩌면 아비에 이어 그 딸까지 국민들 손에 끌려 내려오게 될 셰익스피어도 울고 갈 이 비극이라니.

시위 현장은 마치 퇴진 콘서트장 같았다. '대통령 즉각 퇴진'과 '새누리당 해체'를 외치는 집회에는 이제 최루탄도, 물대포도, 스크럼도, 연행도 없었다. 집회가 끝나고 경찰들에게 시민들이 되레 박수를 보내는 그야말로 평화적인 집회였다. 이제 더 이상은 부패하고 타락한 정치 지도자에게 나라를 맡겨서는 안 된다는 다짐. 우리 모두가 방관하고 침묵해온 세월에 대한 통렬한 반성의 시간이었다. 집회가 끝나고도 우리는 쉽게 헤어지지 못했다.

드물게 길고 긴 하루였다. 참 은혜로운.

표절 유감

...

　김만중은 『서포만필』에서, 허난설헌이 중국 시를 표절한데 대해 통탄했다. "허씨와 같은 재주는 저절로 일대의 혜녀(慧女)가 되기에 충분한데도 이런 짓을 하여 스스로를 더럽혔다. 사람으로 하여금 매편마다 의심나게 하고 매귀마다 흠집을 찾게 만드니 탄식할 일이다."라고. 시대를 불문하고 표절 작가로 찍히는 것은 치욕이다. 무덤까지 안고 가야 하는 추문 같은 것. 신경숙이 바로 그 추문의 주인공이 되는 걸 보면서 참담한 심정이었다. 신경숙 문학뿐 아니라 한국문학의 구조적 모순이 온통 도마 위에 오른 것이다.

　「풍금이 있던 자리」며 『외딴방』 같은 신경숙의 초기 소설들은 막 물 댄 5월의 논처럼 얼마나 찰랑찰랑했던가. 말없음표 혹은 말줄임표가 잦은, 특유의 머뭇거리는 문장에 답답해하며 외면한 독자들도 있었지만, 신경숙의 섬세한 감각이 살아 있는 문체에 많은 독자들이 감염된 것도 부인할 수 없는 사실이다. 하지만 신경숙 소설의 동어반복과 자기복제에 식상할 무렵 몇 번의 표절시비가 불거져 나왔다. 그것으로 신경숙의 작가정신은 훼손되었다. 신경숙 소설을 아예 외면하거나 읽으면서도 김만중처럼 '의심'하고 '흠집'을 찾곤 했다. 가령 『외딴방』은 내겐 참 울림이 큰 소설이었는데도 읽는 내내 마르그리트 뒤라스의 소설 『연인』이 떠오르곤 했다. 이건 뒤라스의 영향을 심하게 받았군. 그런 생각이 들자 『외딴방』이 곱게 보이지 않았다. 70이 된 노작가 뒤라스는 『연인』에서 "나의 삶은 아주 일찍부터 너무 늦어버렸다. 열여덟 살에 이미 돌이킬 수 없이 늦어버렸다." "내 나이 열다섯 살 반이었을 때의 얘기다." 같은 문장들로 '독신자 방'에서 사랑을 나누던 연인과 가족들의 이야기를 담담한 현재형으로 서술해 나간다. 『외딴방』의 서술방식이 내겐 『연인』과 흡사하게 느껴져 독서에 방해를 받곤 했던 것이다.

신경숙의 미시마 유키오 소설 「우국」의 표절을 두고 생겨난 많은 패러디들은 실소를 자아낸다. "그들의 베끼기는 격렬하였다. 첫 표절을 하고 두 달 남짓 뒤, 여자는 벌써 표절의 기쁨을 아는 몸이 되었다. 여자의 변화를 기뻐한 것은 물론 출판사였다." 네티즌들의 재치에 쿡쿡 따라 웃으면서도 서글픔이 밀려온다. 세계적인 작가라고 칭송받던 신경숙이 하루아침에 세상 사람들에게 조롱거리가 될 줄 누가 알았을까. 자신의 「전설」과 미시마 유키오의 「우국」을 대조해보고 표절이 아니라고 할 수 없겠다고 시인하면서 쇠스랑으로 발등을 찍고 싶을 정도라고 뒤늦은 후회를 했다. 하지만 끝끝내 미시마 유키오의 「우국」은 아무리 생각해도 읽은 기억이 나지 않는다고. 이제 나도 내 기억을 믿을 수 없게 됐다는 아리송한 답변을 내놓아 빈축을 샀다. 왜 신경숙의 기억에 그런 착종이 일어난 것일까. 산업체 특별학급에 다니며 공장에서 쉬는 시간이면 노트에 좋아하는 소설을 필사했던 소녀시절의 문학수업에 문제가 있었던 것일까. 필사는 실제로 문예창작과 같은 데서 작가 지망생들이 습작의 한 방편으로 많이들 쓰고 있다. 교수들이 필사를 과제로 낼 정도니까. 이와 유사한 습작방법이 미술학과에도 있다. 화가 지망생들에게 카메라로 사물이나 풍경을 찍어 와서 그림을 그리게 하는 것. 일종의 모사 작업이다. 이때 사진이 이미 풍경을 일차적으로 해석해주고 있는데 거기에다 색깔이며 형태까지 정해줘 버리니, 거기에 상상력이나 창의력이 끼어들 틈이 있을까. 세잔이 자연에서 얻는 태양빛에서 반사된 모든 사물의 독특한 색깔을 인지하고 조합해서 조형적 색채로 해석해낸 것과 카메라가 인지해서 색채와 형태를 딱 정해주는 것은 다른 거다. 이때의 사진은 상상력의 여지를 차단한다. 필사도 모사와 비슷한 문제점을 안고 있다. 예술에서 모방이란, 어떤 대상의 잔상이 창작자의 머릿속에 남아서 의식적으로 하나의 해답이 되어 작품에 영향을 주는 것이다. 작가는 이런 모방조차도 경계해야 하거늘 하물며 표절이라면 과감히 잘라낼 용기가 필요하다.

창작에 대한 작가의 과도한 욕심이 표절을 부른다. 누군들 표절의 유혹에서 자유로울 수 있을까. 마음은 외롭고 배는 고프지만 정신은 살아 끊임없이 남다르게 창조하려는 귀한 작가들 때문에 예술이 살아 있는 것이다.

오래전 LA게티 뮤지엄에서 본 램브란트 드로잉전을 생각한다. 램브란트 광선이 만들어지기까지, 그토록 수없이 많은 드로잉의 역사가 있었다는 걸 알고 가슴이 저릿했었다. 인상주의가 하루아침에 탄생한 것이 아니듯이, 한 예술가가 엄청난 시간을 가지고 만든 생각의 결과물은 그저 훔칠 수 있는 자연의 바위가 아니다. 누군가가 창조한 빛나는 하나의 해답을 나도 모르게 쓱 훔치고 싶은 그 마음을 잘라야 한다. 그게 작가의 용기가 아닐까.

신경숙의 표절과 한국문단의 '침묵의 카르텔'이 만든 이번 사태를 보고 '저게 한국이야.', '문학도 더러운 똥덩어리들의 집단이야.' 하는 수모를 안고도 우리는 한국문학의 자장 안에서 살 수밖에 없는 존재들이다. 허먼 멜빌도 셰익스피어를 흠모하여 숱하게 필사를 했다고 한다. 하지만 어디에서도 그가 표절을 했다는 이야기를 들은 적이 없다. 문제는 필사가 아니고 작가의 '정직성'이 아니겠는가.

3
부

장소와
사람

송정 연가

...

첫 창작집을 냈을 때, 문학 담당 기자가 말했다.

왜 그리 슬프게 사십니까.

내 책을 읽은 소감일 터였다. 나는 '앗 뜨거라' 싶어서 공연히 실실 웃었다. 내 소설의 얕은 바닥을 들킨 것 같았다. 슬픔은 내 모태신앙인 걸요. 그에게 들릴 듯 말 듯 작은 소리로 변명했다. 슬픔이 모태신앙이라니. 말해놓고 보니 참 청승맞다. 사람의 태생이란 건 어른이 된다고 해서 크게 달라지지 않는 모양이다. 요즈음도 나는 가끔씩 울음이 목구멍까지 차오를 때가 있다. 그럴 때면 산보다는 바다를 찾게 된다.

명장동에 살 때, 불현듯 아침 바다가 보고 싶어 자전거를 타고 해운대까지 간 기억이 난다. 집으로 돌아가다 건널목에서 갑자기 달려오는 자동차에 치일 뻔했다. 자전거 타기에 도로 사정이 만만찮았다. 그런데 이게 웬 행운인가. 이제 엎어지면 코 닿을 거리에 바다를 두고 살게 되었으니.

지난 여름에 송정으로 이사를 했다. 이곳에서 여름과 가을, 두 계절을 났다. 그런데도 송정바다는 마치 아득한 추억처럼 내 마음속에 진작 들어와버렸다. 눈을 들기만 해도 깨끗한 바다 수면에 온몸이 잠겨 고요해진다. 거리상으로는 신도시 끝에서 딱 5분밖에 걸리지 않는데도 송정터널 하나만 지나면 갑자기 고즈넉해지는 게 참 묘하다. 번잡한 일상이 한발짝 뒤로 물러서는 기분이 든다. 하긴 어릴 때부터 늘 바다 곁에 살았지만 이곳과는 다른 바다였다. 정박한 배들 때문에 온통 시커먼 기름이 둥둥 떠 있던 유년의 남항과 동네를 뒤덮은 안개를 피해 달아났던 동삼동 시절을 오롯이 보상받는 기분이다.

송정바닷가에서는 시간의 주름이 만져진다. 납작한 민박집들이 나란히 붙어 있는 동네 골목. 동해남부선이 딱 1분간 멈췄다 지나가는 동화처럼 예쁘고 오래된 간이역. 죽도 공원에 있는 정자 난간에 새겨진 숱한 사랑의 맹세들. 언젠가 한번은 와본 것 같은 이 휴양지 동네 구석구석에서 만나게 되는 기시감의 정체는 바로 이런 것들 속에 있다. 일상의 분주함을 뒤로 물린 휴양지의 느긋함 때문일까. 조금은 비현실감에 사로잡히기도 한다. 구덕포 바닷가를 지나노라면 또 잊었던 기억들이 거짓말처럼 솔솔 되살아난다. 그것들을 쓸어 담으면 이야기가 풍성한 중편도 되고 장편도 될 것 같다.

자전거를 송정 바닷가에 세워놓고 걷는다.

아침 바다, 참 평화롭다. 물 위로 내려앉는 갈매기 날개가 닦은 접시처럼 깨끗하다. 씻은 날갯죽지를 활짝 펴고 갈매기들이 날아오른다. 높이 날아오르는 물새 한 마리를 본다. 내 어깻죽지가 근질거린다. 무언가 내 안에서 힘찬 날갯짓이 들리는 것만 같다. 불현듯 삶이 물에 씻긴 새의 날개처럼 눈부시도록 아름답다.

멀리 수평선을 바라본다. 연탄가스에 취해 깨어나던 겨울날 아침의 현기증처럼 가슴속으로 스며드는 이 느낌은 무언가. 자유인가, 고독인가, 꿈인가, 매혹인가, 아니면 헛된 환상인가.

누군가가 홀로, 젖은 모래 위에 찍어놓고 지나간 발자국을 본다. 그걸 따라 걷다 보니 발자국의 표정이 보인다. 무언가 골똘히 생각하면서 지나간 모양이다. 무슨 생각을 하면서 그리 또박또박 걸어갔을까. 암 선고를 받기라도 한 걸까? 아니면 오지 않는 전화를 기다리느라 밤새 뒤척인 그리움을 삭이며 지나갔을까. 사업을 반석에 올릴 구상에 골몰한 걸까. 그도 아니면 향수에 젖어 울면서 걸어간 걸까. 그러고 보니 발자국의 표정이 참 슬프다.

유년시절의 나는 늘 슬펐다. 할머니가 누룩을 빚어 만든 술 익는 냄새도 슬펐고, 검은 천이 덮여 있던 콩나물 시루에서 콩나물이 자라는 것도 슬펐다. 물동이를 아슬아슬하게 이고 가는 이웃집 식모언니도 슬펐고, 남편에게 쥐어 터져 늘

눈두덩이 시퍼렇던 광주 엄마도 슬펐다. 한밤에 30촉 백열등이 흔들리는 것을 올려다보고 누워 있으면 이내 눈물이 고여 불빛이 아스라이 퍼져 보이던 기억이 난다.

엄마를 떠나오면서, 나는 말 없는 아이가 되었다. 내 안에서는 들끓는 언어가 소용돌이치는데 한 마디도 뱉어낼 수 없었다. 아니 말하고 싶지 않았다. 공책에다 엄마 얼굴을 그리고 낙서를 하는 걸로 자족했다. 내가 침묵의 언어를 이해하게 된 건 순전히 S 때문이었다. 언젠가부터 나랑 열쇠고리처럼 붙어 다니기 시작한 아이였다. 그 아이는 나와는 달리 방울처럼 활발했다. 선생님들께 장난을 치다가 야단을 맞아도 기죽지 않았고 수업 중에는 선생님의 질문에 엉뚱한 대답을 해서 우리를 웃겨주었다. 어느 날부턴가 S가 결석을 했다. 선생님의 부탁으로 그 아이 집을 찾아갔다. 몇 조각인지 모르게 쩌억 갈라져 테이프를 붙여둔 그 집 유리창문이 생각난다. 나를 보자마자 화들짝 놀라 웃음기를 싹 거두어가던 곤혹스런 표정까지. 찢어지게 가난한 제 집 형편을 들켜버린 때문일까. 그 뒤로 학교에 온 S는 말이 없었다. 나는 그 아이 속에 있는 슬픔을 보았다. 그전보다 더 그 아이에게 살갑게 굴었다. 그 아이는 그럴수록 더 입을 꼭 다물었다. 슬픔은 나누어 가질 수 있는 게 아니었다.

며칠 전, 작가들과 함께 베이징 여행에서 돌아온 다음 날 아침. 계절학기 수업시간이었다. 학생들과 둘러앉아 『난장이가 쏘아올린 작은 공』을 영상자료로 보는데 울컥 울음이 터졌다. 새삼스레 작품 때문에 감동을 한 것도 아닌데 이게 무슨 낭패람. 하긴 울음의 기미가 베이징에서부터 내내 뒤따라오고 있었다. 만리장성을 쌓다 죽어간 이름 없는 사람들, 인력거를 타고 뒷골목을 돌면서 본 한국의 60년대에나 있었음직한 초라한 집들, 그것은 영락없는 서면 롯데캐슬 모델하우스 뒤편에 있던 쪽방이었다. 그 극한의 가난과 대비되는 화려한 시내와 왕궁들. 서태후의 여름별장이었다는 거대한 인공호수가 있는 이화원. 728m나 된다는 긴 회랑 끝까지 걷는 동안 마음이 참 슬펐다. 앞서 가던 소설가 K가 숙소에 와서 말했다. 장랑을 걸으며 문득 뒤돌아본 내 얼굴이 너무 슬퍼 보였다고. 사람이 산다는 게 또한 살았다는 건 다 무어며 이데올로기는 또 무어란 말인가. 사람 사는 세상의 양극화는 베이징이나 부산이나 하등 다를 바 없다. 시간이 지나간다는 것이 월급날이 가까워진다는 것 외에는 하나도 좋을 게 없는 이 나이가 되어서도 삶이란 참 알 수 없는 것 투성이다.

슬픔이 가슴속에 가득 차오르는 순간은 어쩌면 가장 순수하고 진실해지는 순간이 아닐까. 염전의 소금처럼 깨끗해지는 순간. 그게 바로 슬픔의 순간이다. 모차르트의 음악을 '찬란한 슬픔'이라고 한 표현은 참 그럴듯하다.

생각해보면 나를 문학으로 이끈 건 유년의 슬픔이다. 그렇다면 그걸 청승스럽다고 부끄러워할 일이 아닌 것이다. 슬픔이 나를 이 아름다운 송정바닷가로 불러내었으니 내 슬픔에게 감사해야 할 일이다. 과거와 현재의 시간이 만져지는 이곳에서 나는 또 한동안 지친 날개를 쉬고 싶다. 언젠가 송정을 떠나게 된다면 이곳은 또 내게, 잊히지 않는 그리운 바다로 남게 될 것이므로.

고향마을로 가는 마실

...

아무런 희망도 절망도 없는, 밋밋한 날들이 길어지면 불현
듯 영도에 가고 싶어진다. 차라리 상처받고 피 흘리는 한이
있더라도 무언가 다시 시작할 수 있기를 바라는 마음이 간절
해질 때, 치열하게 생을 담금질하고 싶을 때, 그때도 나는 영
도에 가고 싶다.

자갈치시장 맞은편에 있는 영도 대평동 바닷가는 내 고
향 마을이다. 2년 전, 나는 송정연가를 미처 못다 부르고 부
산진구 개금2동으로 이사를 했다. 두고 떠나온 송정바닷가
도 그립고 아쉽지만, 내게 더 사무치게 그리운 곳은 역시 대
평동 바닷가인 것이다. 그러고 보니 초등학교 입학 전에 잠
시 경북 성주의 외가에서 보낸 이태를 빼면, 나는 부산을 떠
나 산 적이 한 번도 없다. 할아버지 정수철 씨는 일제강점기
에 대평동 2가에 있는 지금의 삼화조선소에서 일했다고 한
다. 내가 아이였을 때, 우리 가족은 조선소 사택에서 살았다.

일본식 다다미방이 두어 개 있었던 것 같은데 방과 방 사이가 무슨 회랑처럼 길어서 어린 내게 미로 같았던 기억만 어렴풋하다. 할아버지가 조선소를 퇴직하면서, 골목 안 공동우물가 옆에 있는 기찻길처럼 길다란 단칸방으로 이사했다. 내가 초등학교 들어가기 좀 전이었다. 그 골목 안에서 나는 스물한 살까지 살았다.

서면에서 지하철을 타고 중구 남포동으로 가는 길이었다. 보니엠의 〈바빌론 강가에서(By the rivers of Babylan)〉가 흘러나왔다. 도시철도 1호선에서 간혹 마주치는 추억의 팝송 시디를 파는 아저씨가 틀어준 곡이었다. 주말이어서 도시철도 안은 만원이었다. 나는 도시철도 손잡이를 잡고 서서 팝송을 따라 흥얼거렸다. 무언가 지난날의 아련한 기억들이 가슴속에서 스멀거리는 느낌이었다.

남포동역에 내리자 겨울바람이 찼다. 남포동에서 영도 대평동으로 가는 방법은 두 가지다. 하나는 버스를 타거나 걸어서 영도다리를 건너가는 것이고, 다른 하나는 남포동 도선장에서 통통배를 타고 가는 방법이다. 모처럼 대평동으로 마실 나가는 길이니 통통배를 타고 싶었다. 한순간 가슴이 콩닥콩닥 뛰었다. 부산사람이면 다 아는 이 도선장은 100년의 역사를 지닌 곳이다. 어릴 때, 대평동 도선장에서 친구들과 30원인가 하는 편도요금을 내고 타면 남포동에 내리지 않고 왔다 갔다 하며 놀 수 있었다. 배에서 내리지 않는 이상 요금은 탈 때 한 번만 주면 그만이었으므로. 관리하는 아저씨에게 들켜 야단맞고 쫓겨나지만 않으면 몇 번이고 왕복할 수 있었다. 고등학교 때는 서구 동대신동에 있는 학교까지 통학하느라 자주 탔다. 당시 고등학교 진학을 못한 초등학교 여자동창이 도선장 요금소에 가끔씩 앉아 있었다. 어느 겨울날, 내가 요금을 내밀었더니 실금처럼 갈라진 그녀의 튼 손이 내 손을 말없이 밀어냈다. 몇 번 더 그렇게 공짜 배를 탄 기억이 난다. 언제부턴가 그녀는 보이지 않았다. 이제는 이름도 까맣게 잊은 그녀의 튼 손이 떠오르면 어젯일처럼 마음이 아릿하다.

가슴 설레며 달려간 남포동 도선장에, 통통배는 없었다. 가슴이 덜컥 내려앉았다. 얼마 전까지만 해도 다닌 걸로 알고 있었는데. 부산바다문화의 상징이 또 하나 사라진 것이다. 나는 터덜터덜 영도다리를 건넜다. 다리 중간쯤에서 휴대폰이 울렸다. 아침에, '영도 가자' 하고 몇몇 동창에게 전화를 했었다. 그중 대평동 마실길에 동행하겠다는 고마운 친구 H의 전화였다. 전교 어린이 회장이었던 H는 여전히 영도에 살고 있다. 그러니 나보다는 대평동에 대한 기억이 많을 것이었다.

송정바닷가가 일상을 잠시 접어두고 휴식하는 공간이라면 대평동 바닷가는 분주하고 고단한 생활의 공간이다. 대평동 바닷가는 아름다운 백사장도 고요도 없다. 하루 종일 선박을 수리하는 조선소에서 들려오는 깡깡 소리가 끊이지 않는 곳이다. 선박을 새 단장 할 때, 먼저 배에 붙은 조개나 녹을 망치로 두들겨 떼어내야 페인트칠을 할 수 있다. 이때 나는 망치 소리가 '깡깡, 깡깡' 한다고 해서 붙은 이름이 깡깡이다. 조선소는 우리 집 골목을 나서면 지척이었다. 기름때에 절은 작업복 차림으로 삼삼오오 짝을 지어 일하러 가는 깡깡 아줌마들을 자주 보았다. 조선소는 울도 담도 없는 넓은 공터를 끼고 있어서 지나다니면서 아줌마들이 깡깡 하는 모습이 다 보였다. '아시바(비계)'를 타고 하루 종일 '깡깡망치'를 두드리는 모습은 늘 아슬아슬해 보였다. 간혹 아시바에서 떨어져 다치는 사고도 일어났다. 대평동의 어느 조선소에나 깡깡 아줌마들이 있었다. 우리 골목에 사는 친구 엄마도 깡깡을 했다. 이 친구가 엄마를 무척 창피해하던 기억이 난다. 함께 놀다가도 작업복을 입은 엄마가 멀리 나타나면 숨어버리곤 했다. 그 친구는 비 오는 날을 무척 좋아했다. 엄마가 깡깡을 쉬는 날이라고.

넓은 조선소 공터에는 지름이 내 키보다 크고 길이가 10m가 넘는 둥근 통나무들이 층층이 쟁여져 있었다. 선박 건조에 쓰였음 직한 그 통나무 더미가 우리에겐 훌륭한 놀이터였다.

어느 해 부산에 폭설이 내렸을 때, 조선소를 하얗게 덮었던 눈이 생각난다. 동네 아이들이 모두 몰려나와 눈사람을 만들고 눈 쌓인 통나무 위에 봄, 꽃, 나비, 학근이 바보 따위의 글씨들을 쓰면서 놀았다.

한여름이면 더위를 이기지 못해 기름이 떠다니는 바닷가에 기어이 뛰어들곤 했다. 기름기가 떠다니는 바다지만 바닷속은 아이들의 천국이었다. 새끼게며 건조선 침목 밑에 붙은 담치(홍합), 툭 건드리면 배를 빵빵하게 부풀리는 앙증맞은 복어새끼, 몸 색깔이 시커멓고 징그럽게 생긴 연체동물인 군수(군소) 등을 잡아서 장난치고 놀았다.

승리창고, 대성창고 앞 바닷가는 익사사고를 우려한 수영 금지구역이었다. 그러나 새카만 여름 아이들을 누가 막을 수 있을까. 그 바닷가에 한 번쯤 뛰어들지 않으면 대평동 아이가 아니었다. 서둘러 옷을 훌훌 벗어버리고 성급히 바다로 뛰어들던 남자아이들 사이에 끼어 여자아이들도 속옷만 입고 물에서 놀았다. 물속에서 정신없이 놀다 나와 보면 파출소 순경아저씨가 벗어놓은 옷을 걷어가 버리곤 했다. 아이들은 사거리에 있는 대평 파출소까지 몸에 물을 뚝뚝 흘리면서 창피를 무릅쓰고 옷을 찾으러 가야 했다. 두 손 들고 벌 서고 훈계를 들은 뒤 옷을 받아들면 그뿐이었다. 다음 날은 옷을 꼭꼭 숨겨놓고 바다에 뛰어들었다. 아이들과 순경아저씨의 숨바꼭질은 여름 내내 계속되었다.

아이들이 순경아저씨의 눈을 피해 뛰어드는 것이 또 하나 있었다. 물류창고에 보관해둔 오징어가 나가는 날이면 동네

잔치나 다름없었다. 오징어가 몇 트럭씩 줄지어 나갔다. 그럴 때, 날쌘 아이들이나 큰 오빠들이 트럭 짐칸에 뛰어올라 오징어를 훔쳤다. 웬일인지 트럭은 덮개도 씌우지 않았다. 오징어가 노출된 채 천천히 지나가던 것이었다. 트럭에 오른 동네 오빠들은 오징어를 뭉텅 뭉텅 집어서 땅바닥으로 던졌다. 그러고는 트럭이 삼거리에 있는 파출소를 지나가기 전에 뛰어내렸다. 운전기사들은 아는지 모르는지 그저 묵묵히 차를 운전할 뿐이었다. 우리는 별 죄책감도 없이 훔친 오징어를 이가 아프도록 씹어먹었다.

화공약품과 용접가스 냄새가 뒤섞인 매캐한 선착장 길로 들어선다. 내겐 너무나 익숙한 곳이다. 언젠가 가스통이 터진 이 길을 지나가다 질식할 것 같은 냄새 때문에 정신없이 뛰어 달아나던 기억이 떠올랐다. 길을 걸으면 이렇듯 잊혀진 기억들이 되살아난다.

어느덧 대평동 도선장이다. 통통배는 얌전히 묶여 있고 문은 굳게 닫혀 있다.

내가 살던 골목길을 찾아가 본다. 공동우물은 오래전에 없어졌지만 골목 안의 집들은 그대로다. 세월의 삭풍에 낡고 빛바랜 집이었다. 옛 집들이 그렇게 정겨울 수가 없다.

대평동의 골목길은 중국 후통거리의 깊숙한 골목길과 그 오래된 집들을 떠올리게 한다. 대평동은 유난히 골목길이 많은 동네다. 그 골목길이 원형 그대로 남아 있다는 사실이 놀랍다. 미로처럼 얽혀 있거나 겨우 한 사람 지나갈 정도로 좁은 골목들. 눈 감고도 다닐 수 있는 그 정겨운 골목길들을 걸어본다. 까맣게 잊었던 친구들과 이웃들의 정다운 얼굴이 앞다투어 떠오른다.

H가 마실길에 동행한 것은 오후 4시가 다 되어서였다. 오리털 파카를 입은 가벼운 차림이다. 그는 다짜고짜 대평동에서 슈퍼마켓을 한다는 J에게 나를 데리고 간다. J는 대평동의 과거와 현재를 훤히 꿰고 있다. 그는 온장고에서 캔커피 두 개를 꺼내 H와 내게 하나씩 건넨다. 나는 따뜻한 캔커피로 언 손을 녹인다. 그는 아직도 마을 한가운데에 그대로 남아 있는 문방당 문구점을 가리킨다. 문구점 옆으로 난 비좁은 골목길도 그대로다. J에게서 이름도 가물가물한 동창들 소식을 전해 듣고 나와 우리는 동네를 한 바퀴 돈다.

5월이면 빨간 줄장미가 담을 타고 내려오던 H의 집 앞에 가본다. 동네에서 제일 예쁜 집 가운데 하나였던 H의 집 앞을 지나다니면서 줄장미에 마음을 빼앗기곤 했던 기억도 떠오른다. 담을 허물고 마당까지 건물을 지어 옛 모습은 남아 있지 않았다.

골목길 안에 있는 주택들과는 달리 길가의 주택들은 거의 이주를 하고 공장이나 선박부품을 파는 상점들로 바뀌어 있다. 대명콤프렛사, 비케이마린, 진일상사, 신강노즐테크, 대아마린, 성주철재, 그린용접봉…….

대평동이 내게 마냥 행복한 공간만은 아니었다. 아이들의 태생적 명랑함으로 내게도 유년은 유쾌하고 즐거운 기억으로 가득하다. 하지만 성장통이란 어떤 아이에게도 피해 갈 수 없는 통과의례인 법. 내성적인 아이였던 내게 그것은 좀 더 지독했다.

한때 내가 사는 곳이 고인 물처럼 답답했던 적이 있었다. 매일 어디론가 떠나야겠다는 생각을 했던 적이. 실제로 떠날 계획을 한 적도 있었다. 하지만 이제는 아마도 특별한 일이 일어나지 않는 한 살아오던 대로 지내게 될 것이다.

집 앞 조선소에서 진수식이 있는 날이면, 새로 단장한 배가 알록달록한 깃발을 꽂고 바다로 나가던 풍경이 떠오른다. 아시바에서 떨어져 허리를 다쳐 누워 있던 친구 엄마의 얼굴이 오버랩되면서.

남원사람

...

우리는 그를 '판쟁이 아재'라고 불렀다. 아재는 시골장을 떠돌며 판(밥상)을 파는 사람이었다. 아재라지만 나하고는 피 한 방울도 섞이지 않은 사이였다. 아버지에게는 계모가 되는 우리 할머니의 친정 조카였으므로. 할아버지는 6·25동란 때 아내와 자식 셋을 한날한시에 잃어버렸다. 고모가 아비를 불 쌍히 여겨 혼자된 젊은 할머니를 모셔온 것이었다.

할머니는 고향인 남원에서 초혼을 했는데 첫날밤 남편이 의수족을 떼어서 벽에 척 걸더란다. 전쟁통에 팔다리를 잃은 상이군인이었던 것. 기절을 하고 그 길로 냅다 도망쳐 온 게 부산이었다고. 할아버지는 젊은 할머니를 무척 아꼈지만 아 버지 형제들은 고모를 빼놓고는 대놓고 할머니를 무시했다. 할머니 뒤에서 저 '하와이' 때문에 집안이 망했단 말을 예사 로 했을 정도로. 할머니는 도망쳐 온 게 죄밑이 되어 고향 쪽 으론 얼씬도 하지 않다가 그해 1968년에 시행되었던 주민등

록증 발급 때문에 하는 수 없이 남원을 찾게 되었다. 그때부터 할머니의 가난한 조카들이 이모, 이모 하면서 왕래를 시작했던 것.

할아버지는 양산의 향토사학자였는데 영도 대평동으로 이주해서 조선소에 다니고 있었다. 큰 부자는 아니어도 적산가옥을 여러 채 갖고 있었는데 어찌된 일인지 할머니가 들어오고 날로 가세가 기울었다고 한다. 할머니는 제사상을 차려도 상다리가 부러지게 음식을 많이 해서 삼이웃에 돌릴 정도로 손이 크긴 했다. 제사 음식 하느라 온 동네에 기름 냄새를 풍겼으니 가난한 이웃 사람들이 얼마나 군침이 넘어가겠느냐고. 할머니 나름의 깊은 속내는 그랬다. 옷 욕심도 많아 철철이 한복을 잠자리 날개같이 지어 입었는데도 마실 나갈 때는 늘 입을 옷이 없다고 툴툴거려서 할아버지가 쯧쯧쯧쯧 혀를 찼다. 할아버지는 퇴직을 했고 적산가옥은 아버지 건축사업 밑천으로 다 날아간 뒤였다.

판쟁이 아재가 부산으로 이사를 온 것은 그 즈음이었다. 그는 한글이나 겨우 아는 무학자였다. 키는 작달막하고 깡마른 몸피에 늘 입성이 초라했다. 얼굴도 실명한 한쪽 눈이 움푹 패여서 균형이 일그러져 보기 흉했다. 어릴 때 산에 나무를 하러 갔다가 한쪽 눈이 나뭇가지에 찔렸다고 했다. 그런 외양과는 달리 어딘지 수줍은 소년같이 순수하고 마음이 따뜻한 사람이었다.

중학교 때 남동생이랑 아재를 따라 영화를 보러 간 적이 있었다. 남항동 항구극장에서 자막에 비가 주룩주룩 내리는 이본동시상영이었다. 제목도 내용도 기억나지 않는데 유태인 가스 학살 장면만 선명히 기억에 남아있다. 가스실에 갇힌 사람들이 살아남으려고 죽은 사람을 밟고 자꾸만 위로 위로 올라가던 장면. 내겐 끔찍하기만 했던 영화였다. 그런데 아재는 손등으로 연신 눈물을 닦아내고 있었다. 남자가 우는 모습을 처음 보았는데 묘하게 감동적이었다. 돌아오는 길에 짜장면까지 사주어서 우리를 즐겁게 해주었던 인정스런 아재. 우리는 아재를 보면서 사람은 겉모습이 전부가 아니란 걸 깨달았다.

할머니를 따라 처음 아재 집에 가본 건 어느 여름방학 때였다. 반송과 재송동 사이 어디쯤이었던 걸로 기억한다. 할머니가 새벽같이 눈도 덜 떨어진 나를 깨웠다. 영도다리를 건너 옛 시청 앞에서 버스를 탔다. 숙모가 아기를 낳을 거라고 했다. 아재는 장사하러 가고 없었다. 숙모는 피부가 새까맣고 반벙어리마냥 말할 줄도 몰랐다. 깡마른 아재와는 달리 살이 쪄서 둔해 보이긴 했지만 온순한 사람이었다. 볼살에 파묻혀 납작해진 코를 찡그리며 그저 살짝 웃는 게 인사였을 정도로 숫기가 없었다. 아재 집은 부엌도 따로 없이 손바닥만 한 퇴청마루가 있고 문을 열면 바로 단칸방이었다. 할머니가 연탄화덕에 올려놓은 솥에서 물이 끓는 동안 숙모의 산통이 점점 심해졌다. 젊은 주인집 여자가 방문 앞을 왔다 갔다 하면서 짜증을 냈다. 요즈음 세상에 무식하게 어디 애를 집에서 낳느냐고. 어떻게 병원에 데려갈 생각을 안 하냐고 입을 댓발이나 뺐다. 엉덩이 하나 걸치면 맞춤한 퇴청마루에 여름 햇살이 뜨거웠다. 나는 더운 줄도 모르고 앉아서 방 안의 기척에 귀를 기울이며 담 밑에 핀 핏빛 사루비아를 뚫어져라 보고 있었다. 숙모는 산고 끝에 아들을 낳았다. 할머니는 산바라지를 해야 했으므로 나는 먼저 집으로 돌아왔다.

아재 부부가 아기를 데리고 우리 집에 온 건 한 철이 지난 뒤였다. 아기는 안 나오는 젖을 물고 징징거리는데 숙모는 졸고 앉았기 일쑤여서 할머니는 저 지랄 봐라 하고 핀잔을 주었다.

아재는 푸른색 호마이카 밥상 하나를 우리 집에 선물했다. 헌 밥상은 내 책상이 되었다. 처음으로 나도 책상이 생겼다. 뛸 듯이 기뻤다. 이제 엎드려서 일기를 쓰지 않아도 되었다. 일기를 쓰다 펴놓아도 까딱없었다. 할머니가 문맹이어서 다행일 때도 있었다. 일기에 온갖 비밀을 다 써놓았기 때문에 할머니가 알아본다면 골치가 아플 것이었다.

책상에 앉는 시간이 많아졌다. 인문계냐 실업계냐를 선택해야 할 때가 왔다. 나는 인문계를 선택할 생각이었는데 고모가 할머니에게, 미친년 지 처지도 모르고 무슨 인문계냐고 하더라는 말을 전해들었다. 틀린 말은 아니었다. 내 처지를 생각하니 실업계를 가는 것만도 감지덕지였다. 실업계를 지원했다. 입학통지서를 받고 아버지 집으로 등록금을 받으러 갔다. 28,950원쯤 되는 입학금 청구서를 내밀자 아버지는 먹고 죽을래도 돈이 없다고 돌아앉았다. 아버지는 건축기사였는데 관공서 공사 입찰에서 탈락하는 바람에 부도가 난 모양이었다. 눈앞이 캄캄했다. 집에 돌아와 사흘 밤낮을 방구석에 틀어박혀 울었다. 학교 안 다니면 죽는 줄 알던 시절이었다. 여공이 되거나 버스 차장이 되어 오라이를 외치는 모습을 상상하면 아찔했다. 대평동에서 남포동 간을 운행하는 통통배 매표원이 된 초등학교 여자 동창의 얼어서 갈라터진 손도 떠오르고. 아마 내 앞에도 그 아이와 같은 인생이 기다리고 있겠지. 나는 이불을 뒤집어쓰고 울었다. 할아버지는 쯧쯧쯧쯧 혀를 차더니 경로당으로 가버리고 할머니는 돈을 구하러 다니다 빈손으로 돌아오곤 했다. 할머니의 빈손을 볼 때마다 가슴이 무너졌다. 가난한 할머니에게 돈을 빌려줄 사람이 있을 리 만무했다. 할머니는 이웃이나 친척들에게 손녀 자랑하는 게 낙인 사람인데 고등학교를 못 보낸다니 그 속이 얼마나 까맣게 타들어갔을까.

　판쟁이 아재가 나타난 건 바로 그때였다. 등록금 마감 직전이었다. 아재가 여느 때처럼 내게 장난을 쳤지만 웃을 기분이 아니었다. 할머니는 기둥 같은 한숨을 쉬었다. 울다 지쳐 잠이 든 나를 할머니가 흔들어 깨웠다. 연아, 등록금 구해

왔다. 할머니였다. 믿기지 않았다. 운명이 그토록 일시에 먹구름을 걷어낼 수도 있는 걸까. 곧 안도감이 찾아들었고 가슴이 벅차올랐다.

다음 날 아침 일찍 대신동에 있는 학교로 갔다. 나처럼 늦게 등록하는 아이들도 있구나. 가슴을 쓸어내렸다. 아무려면 어때. 저절로 웃음이 실실 새어나왔다. 등록을 하고 돌아오면서 비로소 정신이 들었다. 그 큰돈이 어디서 났는지 궁금했다. 할머니는 아재가 월세 보증금을 빼서 빌려줬다고 말했다. 숨이 턱 막히는 기분이었다. 호마이카 밥상을 짊어지고 시골장을 떠도는 아재 모습이 떠올랐다. 제 아비도 외면한 등록금을 피 한 방울 섞이지 않은 아재가. 고맙다는 생각보다 이 일을 어떡하나 하는 낭패감이 앞섰다. 입학식 날, 아재 생각을 했다. 열심히 공부해서 은행에 취직하면 아재 공을 꼭 갚겠노라고.

아침에 등교하면 주산 연습으로 하루가 시작되었다. 주산반 선배들이 교실로 찾아왔다. 교탁 앞에 서서 호산을 불렀다. 호산 부르기를 8천3백5십1만 9천3백4십6원이요, 놓기를 1천9만 3천2백9십8원이요, 빼기를 4천9백5십4만9천9원이면? 하고 교탁 아래를 내려다보았다. 나는 선배와 눈이 마주치지 않으려고 고개를 푹 숙였다. 이미 입학하기 전부터 주산학원에 다녀서 손가락이 안 보일 정도로 주산을 잘 놓는 아이들도 있었다. 8천3백5십1만을 겨우 놓고 있는데 다음 숫자로 넘어가 버리는 선배의 호산을 내 엄지와 검지로는 따라잡을 수가 없었다. 번번이 주판을 털고 멍하니 앉아 있었다. 기껏 28,950원쯤이 내겐 엄청난 큰돈인데 수천만 원이란 천문학적인 액수를 주판에다 놓는 연습을 하다니. 비현실적인 세계로 들어왔구나. 뭐 그딴 생각을 하면서.

대차대조표며 손익계산서를 만드는 상업부기 시간도 지루했다. 기업의 당기순이익이니 당기순손실을 계산하는 일도 따분하고. 은행에 취직해서 아재 공을 갚으려면 상업과목 점수가 좋아야 되는데 이거 큰일 났다 싶었다. 그나마 활자를 찍는 타자 시간은 진짜 재밌었다. 국어나 국사, 정치경제, 국민윤리, 음악, 미술, 체육 같은 상과수업과 거리가 먼 과목이 좋았고 무엇보다 방과 후에 도서실 문 닫을 때까지 책을 읽을 수 있어서 행복했다. 책이 갖고 싶어서 교문 앞에서 파는 세계문학전집을 대책 없이 사버려 책값을 갚느라 혼이 나기도 했다. 한동안 후배들 교실을 돌며 독서신문 구독 신청서 받는 알바를 해야 했으니까. 친구들이 주산반, 부기반에 들어갈 때 나는 도서반, 불교반에 가입했다. 불교반은 아미동 광성사에서 토요법회를 했다. 적산가옥을 개조한 그 작은 법당은 내 영혼의 정처였다. 수령이 오래된 모과나무와 일제강점기에 죽은 일본인의 비석조각이 있던. 그 비석조각을 돌의자 삼아 앉아서 법정스님의 첫 산문집 『영혼의 모음』을 읽곤 했던 그 뜨락. 매주 토요일 김도완 법사님의 초발심자경문

강의에 넋 놓고 빠져들었다.

해산스님께 수계를 받은 것은 밀양 표충사 동계수련회에서였다. 해산스님이 주신 법명은 환희지였다. 기쁠 환, 기쁠 희 자에 땅 지. 법명에 붙는 지는 얼굴을 뜻한다고 하셨다. 이 사람의 얼굴을 보면 누구라도 환희심을 갖게 될 것이라고 해산스님이 말했다. 흔감한 이름이었다. 하지만 내 얼굴 어디서 환희심을 찾을 수 있었을까. 세상 고민을 모두 떠안은 것 같은, 잔칫집에는 도무지 어울리지 않는 얼굴, 그것이 나였는데. '인생이란 고해 속에서 헤엄치다 익사하지 않으려면 어떻게 살아야 환희지를 갖게 될까.' 해산스님이 내게 주신 화두였다. 출가를 진지하게 고민했지만 그건 내 업이 아니었다.

아미동 비탈길을 내려올 때나 도서실에 불을 끄고 복도를 걸어 나올 때, 문득문득 아재 생각이 났다. 아재가 아니었으면 내게 어떻게 이 흔감한 시간이 주어졌을까. 아재를 못 본 지 오래였다.

고3이 되었고, 2학기에 접어들자 교실에는 취업을 나간 친구들의 빈자리가 생기기 시작했다. 그 덕에 내게 기회가 온 것이었을까. 부산 경남 지역의 남녀고등학생 대상 반공학술경연대회에 학교 대표로 나가게 되었다. 밤을 꼬박 새워서 쓴 원고를 낭독하다시피 했는데도 운 좋게 2등상을 받았다. 트로피와 상품이 한 보따리였다. 그날 부상으로 받은 상품이 아니었다면 아재 집에 갈 생각을 못했을 것이다. 상장과 상패는 학교로 배달되고 여러 기관에서 협찬한 상품이 내게 쏟아졌다. 36색 파스텔에, 포스트 물감에, 연필, 공책, 필통이 든 학용품 세트에, 과자 종합선물세트에 행사기념수건 등. 생일이나 크리스마스에도 선물 한 번 받아본 적이 없었는데. 난생 처음 그리 푸짐한 선물을 받았으니. 인솔교사로 오신 딸이 셋인 윤리 선생님께 물감이랑 학용품을 드렸다. 남은 건 아재 가족에게 갖다 줄 요량이었다. 아재가 장사 가고 없으면 숙모에게 전해주고 오면 될 터였다.

대회가 있었던 초량교육회관에서는 반송 가기가 훨씬 수월했다. 아재 집에 도착했을 때는 이미 해질 무렵이었다. 노크를 했다. 아재 가족이 얼마나 반가워할까 생각하니 가슴이 콩닥거렸다. 누군가 방문을 열었는데 낯선 사람이었다. 아재 가족은 전라도 어딘가로 이사를 갔다고 전해주었다. 버스를 타고 돌아오는데 머루알 같던 아기의 눈동자가 떠올라 마음이 무거웠다. 모처럼 생긴 선물을 전하지 못한 아쉬움도 컸다. 집에 돌아오니 식구들은 모두 깊은 잠에 빠져 있었다. 할머니는 나를 지나치게 믿거나 무관심했다. 무한자유방임. 어쩌면 그것이 내 숨통이기도 했다.

다음 날 아침, 할머니께 아재 소식을 물었다. 할머니 표정이 침통했다. 월셋방 보증금을 내 등록금으로 빼주는 바람에 그 겨울 연탄보일러가 잘 돌아가는 방으로 이사할 계획을

미룰 수밖에 없었다고. 이사를 못 하고 냉방에서 전기장판을 깔고 잤는데 아재가 장사를 간 사이 전기장판 과열로 불이 났다고. 다행히 숙모가 아기를 안고 밖으로 뛰쳐나와 가벼운 화상에 그쳤는데 그 집에서 쫓겨나다시피 남원으로 돌아갔다고.

그날, 초량에 있는 소림사에 가서 무릎이 까지도록 절을 했다. 내 이기심이 아재 가족을 불행으로 몰아넣었다는 자괴감을 떨칠 수가 없었다. 그때 진학을 잠시 유보했더라면. 죄 없는 할머니와 아재 마음을 그렇게 아프게 하진 않았을 텐데. 아무리 절을 해도 마음이 가벼워지지 않았다. 집에 돌아와 할머니가 준 주소로 나의 은인에게 편지를 썼다. 펜촉에 잉크를 찍어 써 내려가는 동안 눈물이 흘러 잉크가 번졌다. 나 때문에 아재 가족이 그렇게 힘들었다고 생각하면 마음이 괴롭다. 무어라 용서를 빌어야 할지 모르겠다. 졸업하고 취직하면 아재 은혜를 꼭 갚겠다. 그런 내용이었으리라.

다음 날 학교 가는 길에 편지를 우체통에 넣었다. 집에 오면 할머니께 답장이 왔는지 묻는 게 버릇이 되었다. 편지가 들어가지 않은 걸까. 반송되지 않은 걸 보면 아재에게 배달이 되었을 텐데. 어쩐 일인지 아무리 기다려도 답신이 오지 않았다.

졸업하고 취직을 했다. 은행이 아니라 철강 원자재 생산공장의 경리과였다. 첫 월급을 2만5천 원 받았다. 비슷한 직장에 취직한 친구들은 나보다 1만 원 이상 많았다. 아재 생각이 났다. 봉투째 할머니께 갖다드렸다. 나는 나누어서 갚더라도 아재 돈은 꼭 갚아야 한다고 쐐기를 박았다. 할머니는 고개를 끄덕였다.

월급날, 쥐꼬리만 한 월급 봉투를 받기 위해 줄을 서던 근로자들의 칼퀴 같은 손은 나를 얼마나 우울하게 했던가. 노조도 공휴일도 없이, 시키는 대로 일하고 주는 대로 받아 가는 순한 사람들. 사장은 사상공단에 공구나 특수강 같은 철강제품 제조와 판매를 하는 실업주식회사를 새로 설립할 정도로 사업수완이 있었다. 그 순한 사람들의 노동력 착취와 탈세가 아니었으면 어찌 그게 가능했을까. 경리과의 제양 언니가 작성하는 이중장부에는 근로자들의 노동청 신고 월급액수와 실 수령액이 배 가까이나 차이 났다. 불시에 세무감사가 나오면 경비실에서는 비상벨을 울렸다. 사무실은 한바탕 소동이 일어났다. 과장, 최주임, 제양은 이중장부를 숨기고 계근을 하는 최양은 미농지로 된 계근전표를 숨겼다. 철강제품 제조회사들에 납품하는 철강 원자재 물량이 많아서 최양은 하루종일 자리에 앉을 틈이 없을 정도였다. 최양이 스타킹 안에 숨긴 당일 미농지 계근전표가 한 뭉치였다. 사상에 신설한 회사에 들어가는 원자재까지 철강에서 조달해야 했으므로 철강 생산현장은 풀가동이었다.

나를 제외한 사무실 전 직원이 사장과 친인척 관계로 얽힌 가족기업이었다. 그들은 세무감사에 걸리면 당장에라도 회사문을 닫게 될 것처럼 혼비백산했다. 정작 제양 언니가 이 중장부를 뺏겼을 때는 아무 일도 일어나지 않았다. 과장이 새파랗게 질려서 세무감사원을 뒤따라 나가긴 했다. 다음 날 오후 늦게 웃으면서 유유히 복귀했지만. 무슨 블랙코미디의 한 장면을 보는 것처럼 어이없었다.

나는 이 착취구조의 부속품이 되고 싶지 않았다. 사직서를 썼다. 과장, 부장, 사장까지 차례로 불려 갔다. 사장이 동그란 안경테 너머로 영리한 눈을 빛내면서 말했다. 내일부터 실업으로 출근하라고. 공부를 하겠다니 야간대학을 갈 수도 있고 신축건물에 컴퓨터실까지 있어서 일을 배울 수도 있다고. 직원들도 모두 대졸자들이고 월급도 배나 더 준다고 말했다. 월급은 나보다도 생산현장에 있는 근로자들부터 올려 주라는 말이 목구멍까지 차올랐지만 삼키고 말았다. 한 달만 다녀보고 그때 결정해도 늦지 않다고 사장이 사직서를 돌려주었다. 나는 1주일 동안 실업으로 출근하고 다시 사직서를 냈다.

서면에 있는 제일학원에 다니기 시작했다. 종합반에 적을 두었으나 공부는 영 신통치 않았다. 80년 5월이었다. 학원에서 이유를 알 수 없는 데모가 났다. 학원 남학생들이 유리창을 깨고 머리에 피를 흘리며 실려 가고 학원은 문을 닫았다.

신문에서 김성동의 『만다라』가 출간됐단 기사를 보고 서점으로 달려갔다. 책을 사서 단숨에 읽었다. 감동적이었다. 나도 이런 생생한 소설을 쓰고 싶었다.

서예 하시는 경재 선생님 댁에 갔다가 광주가 수상하단 소문을 들었다. 광주에 들어가지도 나가지도 못한다고. 광주가 완전히 고립되었다고.

할머니에게서 아재가 광주에서 다리를 다쳤다는 소식을 들은 것도 그 즈음이었다. 그는 남원사람이었는데 왜 광주에서 다리를 다쳤다는 걸까. 온갖 나쁜 생각으로 머릿속이 복잡해졌다. 나는 내 곁에 잠시 머물렀던 그 남원사람 이야기를 소설로 써야겠다고 생각했다. 나를 키워준 핏줄 하나 섞이지 않은 두 사람 할머니와 아재. 그 남원사람의 이야기를.

머릿속에 첫 문장이 맴돌고 있었다.

'그는 남원사람이었다.'라는 문장이.

4
부

그림이
있는 풍경

노란 원피스와 인상주의

클로드 모네의 〈인상, 해돋이〉

...

초등학교 3, 4학년 무렵으로 기억합니다. 공동 우물가에 있던 우리 집 단칸방 벽에 엽서 한 장 크기만 한 조잡한 복제화 한 장이 붙어 있었어요. 언제 누가 붙였는지도 모르는 그림이었지요. 방 벽에는 여섯 식구의 옷가지며, 달력, 사진틀, 비와 양은 쓰레받기 따위가 너절하게 걸려 있었습니다. 그림은 그 틈서리에 붙어 있었는데, 수면 위로 주홍빛 햇살이 흘러내리는 아침 항구의 풍경이었어요. 간혹 눈에 띄긴 했지만 그 그림을 뭐 특별히 의식하진 않았어요. 얼마 뒤 우리는 계택이네로 이사를 했고 그 그림은 벽에 붙은 껌딱지처럼 곧 잊히고 말았거든요.

내가 다시 그 그림을 본 것은 고2 때였습니다. 교내를 온통 술렁이게 한 멋진 미술선생님이 새로 부임해 오셨지요. 전체 조회시간에 선생님이 노란 원피스를 입고 나타나시던 모습은 정말 환상적이었어요. 주위의 모든 사물은 사라지고 오로지 그 여자만이 봄날 아침 햇살 아래 출렁이는 모네의 그림처럼 눈부셨지요. 내 생애를 통틀어서 그렇게 노란 원피스가 기막히게 잘 어울리는 여자를 본 적이 없습니다. 그녀에게 말이라도 한 번 붙여보려고 안달을 하던 남자 선생님들의 어지러운 눈빛이 눈에 선합니다.

그런 그녀가 미술시간에 삼성출판사에서 나온 『세계의 명화』집을 보여주었습니다. 맨 앞자리에 앉은 나는 음악 같은 선생님의 서울말씨와 화집을 넘기는 하얗고 길다란 선생님의 손가락을 의식하면서 인상파 화가들의 그림을 보고 있었습니다. 그런데 내 눈이 번쩍 뜨이는 그림이 나타났답니다. 바로 그 껌딱지처럼 잊혔던 그림이었습니다. 모네의 〈인상, 해돋이〉였지요. 그 그림이 당당히 제목까지 있는, 그것도 세계적인 화가의 그림이라는 사실에 많이 놀랐죠.

"모네는 전형적인 인상주의 화가죠. 인상이란 말은 바꾸면 분위기가 되죠. 인상주의란 용어도 1874년 인상파들의 첫 그룹전에 출품한 〈인상, 해돋이〉에서 유래했어요. 일화가 많은 그림이죠. 그는 야외의 태양광선과 찬란한 색채를 이용해서 순간순간을 캔버스에 옮겨놓은 화간데 날이 어두워지면 나는 죽는 것처럼 느껴진다고 말할 만큼 햇빛을 사랑했어요. 이를테면 생생한 색채 속에서 아롱거리는 빛의 끊임없는 진동과 격렬한 다이나미즘을 묘사한 지적이기보다는 감각적인 화가였어요. 모파상은 모네가 특정한 때와 장소에서 순간순간 변하는 빛과 색의 조화를 다섯 개의 캔버스 위에 포착하는 포수였다고 말할 정도였으니까요. 그가 27장이나 그린 루앙 성당만 보아도 아침과 점심, 해질녘, 밝은 날과 흐린 날, 눈 오는 날과 비 오는 날의 빛과 색이 각각 다르죠. 색과 빛의 변화현상이 모네에게는 삶의 즐거움이었는데 그런 모네를 세잔은 '모네는 단지 하나의 눈에 지나지 않았다. 하지만 맙소사, 얼마나 대단한 눈인가' 하고 말했다지요."

대략 그런 내용이었습니다. 선생님의 설명을 듣는 그 순간, 〈인상, 해돋이〉는 내 안에 전혀 새로운 느낌으로 다가왔습니다. 처음으로 그 여자에 대해서가 아니라 그 여자가 말하는 그림에 대한 인식이 싹튼 운명적인 사건이었지요.

그날, 다른 지루한 수업들이 끝나기를 기다려 학교 도서실로 달려가 명화집을 집어 들었을 때의 전율이라니요. 껌딱지처럼 잊었던 〈인상, 해돋이〉가 전혀 다른 그림으로 내 마음속에 들어왔어요. 소년 시절의 모네가 화가의 꿈을 키웠던 항구도시. 그림 속의 르아브르항은 내가 유년을 보낸 남항과 흡사했습니다. 이른 아침부터 부지런히 굴뚝에서 연기를 피워올리는 큰 화물선들이 안갯속에 막연한 형상으로 나타나 있고, 사람이 타고 있는 것이 선명한 작은 배한 척, 그저 인상으로만 처리된 그 뒤의 작은 배 두 척, 잘고 토막진 재빠른 붓놀림이 경쾌한 파도의 움직임. 그리고, 내 기억 속에서 선연하게 되살아나던 주홍빛 아침 해와 바

닷물 위에 흔들리며 떨어지는 반사광선이 가슴을 물들이고
말았지요.

혼자 갑니다

나혜석의 〈화녕전 작약〉

...

나혜석을 본 것도 고2 때입니다. 노란 원피스의 미술 선생님이 책을 반납하러 도서실에 오셨었지요. 사서인 성임이 언니가 퇴근하고 난 뒤여서 도서위원이었던 제가 책을 받았습니다. 하드 커버의 두꺼운 책이었던 걸로 기억되는데 『에미는 선각자였느니라』라는 나혜석의 일대기였습니다. 반납 일자를 확인하려고 책 맨 뒤 페이지를 펼쳤다가, 선생님께서 미처 지우지 않은 연필로 쓴 메모글을 보았습니다.

혼자 갑니다.

낮은 하늘 머리에 이고 흔들리며 지납니다.

둘이 하나가 될 수 없듯이 뉘도 내가 되어줄 수 없는 날.

(그리고 서너 줄이 더 있었는데 정확한 문장이 기억나질 않습니다.)

'혼자 갑니다.'라는 그 첫 문장이 그럴 수 없이 멋지게 느껴졌습니다. 문학적 상징으로 가득 찬 그 짧은 문장이 그토록 가슴을 파고들다니요. 작약꽃보다 화사한 그 여자에게서 내밀한 고독을 엿본 것 같아 아찔했습니다. 그즈음 확인할 길 없는 선생님의 불행한 사생활에 대한 소문이 무성했습니다. 비가 내릴 듯 잔뜩 흐린 날, 우수에 찬 목을 빼고 버스에 앉아 흔들리면서 독서 후의 단상을 급히 메모했을 그 여자의 모습이 연상되었습니다. 나는 그 여자 내면의 흔적을 뒤질 듯이 초조한 기분으로 나혜석을 읽어갔습니다.

나혜석은 3·1운동에 가담하여 옥고를 치르고 『폐허』 동인을 거쳐 신문의 논고나 소설을 통해 페미니스트 문필가로 활동했지요. 조선미전에 수차례 입선과 특선을 거듭하면서 화가로서도 성공을 거두었고, 한국 여성으로서는 최초로 파리에서 그림 공부도 했지요. 그러나 그녀의 화려한 시절은 그리 길지 않았습니다. 파리에서 만난 최린과의 불륜이 탄로나 헌신적이었던 남편에게 이혼을 당하면서 폭풍과 불꽃의 삶은 스러지고 있었으니까요. 나혜석의 〈화녕전 작약〉은 이 시기 1935년 전후의 어느 봄날, 고향인 수원에 내려가 있으면서 그린 걸로 추정됩니다.

'에미를 원망치 말고 사회제도와 법률과 인습을 원망하라. 네 에미는 과도기의 선각자로 그 운명의 줄에 희생된 자였더니라.' 그녀가 4남매에게 남긴 비탄스런 고별사가 가슴을 파

고들었습니다. 어쩐지 '혼자 갑니다.'로 시작되는 그 메모글의 절대 고독감이 나혜석과 미술 선생님에게서 내 생의 어떤 예감처럼 고스란히 전이되는 기분이었습니다. 나는 메모글을 칼로 오려내어 수첩갈피에 끼워놓고 가장자리에 보풀이 일도록 꺼내보곤 했습니다. 제 첫 습작 소설인 「약속」이란 단편 속에 선생님의 메모글이 들어갔을 정도로 미술 선생님은 제게 어지간히 영감을 주셨답니다.

〈화녕전 작약〉은 나혜석이 정조대왕 사당인 화녕전 앞에 핀 작약꽃밭을 그린 것입니다. 화면의 절반에 가깝게 넓은 초록의 꽃밭에, 그녀와 닮은 분위기의 붉은 작약이 격정적으로 피어 있습니다. 강렬한 순수 색채를 사용한 것이 특징인 야수파 경향이 엿보이지요. 하늘색과 기막히게 잘 어울리는 회색 지붕만 보이는 사당, 그리고 사당 담장에 붙은 붉은색 대문이 생동감을 더하고 있습니다. 원경의 나무와 숲은 다소 마무리가 덜 된 느낌이 있어서 아쉽습니다. 그리고 가만히 보면 목판면 군데군데 바탕면이 그대로 드러나 있지요. 유채 물감을 아낀 흔적이 뚜렷합니다. 자녀들까지 빼앗기고 정신적으로나 경제적으로 궁핍했을 당시의 상황이 여실히 느껴집니다.

그녀는 실의와 좌절 속에서도 자기 구원을 위해 수덕사, 해인사, 다솔사 등을 전전했으나 결국 방랑과 정신이상으로 무연고자 병실에서 행려병자로 세상을 하직하고 말았습니다.

까페 떼아뜨르에 걸린 그림

아메데오 모딜리아니의 〈잔느 에뷔테른의 초상〉

...

1970년대 끝에 스무 살이 된 우리의 아지트는 남포동의 음악다방이었습니다. 베토벤의 석고 데드마스크가 있던 빨간 카펫의 백조, 카라얀의 패널이 걸린 전원, 마른 꽃 걸린 필하모니, 솔파, 합창, 그리고 모딜리아니의 목이 긴 여자가 걸려 있던 '까페 떼아뜨르'……

집이 영도 대평동이었던 나는 걸핏하면 남포동으로 불려 나갔지요. 대평동 도선장에서 통통배를 타면 남포동까지 10분이면 도착하는 거리였으니까요. 그래선지 불러내는 친구들을 그다지 마다해본 기억이 없습니다. 하긴 꼭 누가 불러내지 않더라도 어쩐 일인지 당시 집에 붙어 있은 적이 거의 없었으니까요. 서울에서는 걸핏하면 누군가 내려와서 강연을 했고 이런저런 모임이며 남포동과 광복동의 화랑에 다리품을 파는 일도 심심찮았습니다.

까페 떼아뜨르에서 모딜리아니(이하 모디)를 본 것은 그런 날들 가운데였습니다. 샤갈을 좋아하던 시인 지망생인 친구가 손가락질을 하면서 목이 긴 저 여자가 모디의 마지막 여자였다고 말했습니다. 결핵성 뇌막염으로 죽은 남편을 따라 임신한 몸으로 투신자살했다는 이야기를 듣고 어지간히 충격을 받았던 기억이 납니다.

지금 생각하면 사실 까페 떼아뜨르에 걸렸던 그림이 정확히 어느 것인지는 모르겠습니다. 친구가 손가락질을 하면서 저 여자라고 한 걸로 보아 잔느 에뷔테른이었던 건 분명한데 모디가 그린 여러 점의 잔느 중에 어느 그림인지는 확실치 않습니다. 모자를 쓰지 않은 것은 분명하고, 또 노란 스웨터를 입은 것도 아니었고 그렇다고 배가 불렀던 것 같지도 않습니다.

그런데도 저는 모디가 그린 잔느 가운데 가장 마지막에 그린 걸로 추정되는 이 〈잔느 에뷔테른의 초상〉(1919)에 제일 마음이 끌립니다. 알코올과 마약과 끊임없이 여자들과 연애에 빠지는 방탕한 남자, 언제 분노가 폭발할지 모르는 이 광기의 남자를 잔느는 천사 같은 부드러움으로 감싸 안은 겁니다.

그녀는 그 많은 몽파르나스의 어떤 여자들과도 달랐습니다. 그녀는 모디가 처음으로 사랑하고 최후까지 사랑한 여자였습니다. 자신의 집에 여자를 두기를 거부하던 모디가 흔쾌히 자기 옆에 두기를 원했던 여자는 잔느뿐이었습니다. 순진

무구한 그녀의 눈에 모디는 누구보다 아름답고 순수한 남자였습니다. 그녀는 일생을 통해서 그의 고뇌를 나누어 지면서 지극한 기쁨을 누린 것입니다. 〈잔느 에뷔테른의 초상〉에서 깊은 종교성이 느껴지는 것은 그 때문이겠지요.

모디가 그린 모든 여성들의 특징은 역시 긴 목에 있습니다. 그러나 이 긴 목에서 희화적인 느낌은 전혀 들지 않지요. 차라리 관능과 고독과 우수가 느껴지죠. 이 세상에서 그토록 격렬한 사랑을 나누었던 남자를 머잖아 죽음이 갈라놓으려 하는 운명을 가진 여자. 눈동자가 보이지 않는 그녀의 푸른 눈은 마치 그런 자신의 심연을 바라보는 것만 같습니다. 모디는 색조를 만들어내는 데도 신중했지만 자기만의 독특한 형태를 생각해내는 데도 열중했습니다. 그래서 그는 기적처럼 자기의 스타일을 발견하고 자기만의 방법으로 미술사에 남는 존재가 된 것입니다.

〈잔느 에뷔테른의 초상〉은 자신은 별로 말을 하지 않고도 상대방의 이야기를 잘 들어주는 잔느의 신중한 얼굴이 느껴집니다. 그녀는 언제나 모디를 달래는 입장이었지만 그녀 자신 또한 그에게 완전히 의지했던 모양입니다. 그러면서 존경하고 사랑하는 모디의 마음과 재능에 상처를 입히지 않기 위해 그의 본성을 존중했습니다. 그가 광폭해질 때에 언제나 변함없이 저 소녀 같은 부드러운 얼굴과 여리고 순한 손으로 그를 구원해주었습니다.

잔느의 두 번째 임신 소식을 듣고 모디는 기뻐했다고 합니다. 그가 그린 이 그림을 봐도 알 수 있지요. 〈잔느 에뷔테른의 초상〉은 부드러운 어머니의 아름다운 모습으로 빛나고 있습니다. 배 속에 있는 아이는 결국 이 세상에 태어나지도 못하고 사라지고 말았지만요. 더 이상 헌신적일 수 없었던 여인으로 가장 사랑하는 사람과 한 몸이 되어.

서양에선 동양화가 동양에선 서양화가

김원숙의 〈초승달〉

...

초가을 밤하늘에 초승달이 떴습니다. 그리운 얼굴을 생각합니다. 길 떠난 딸아이. 이제 스무 살이 되었습니다. 생전 처음 어미 품을 벗어나 길 위에서, 하루는 행복하다 또 하루는 슬프다 합니다.

딸아이를 생각하면서 나의 스무 살을 떠올려봅니다. 가출을 할까 출가를 할까 그것이 문제였지요. 서성대던 길 위에는 오늘밤 같은 초승달이 자주 걸려 있었습니다. 나는 초승달을 참 좋아했습니다. 보름달보다 초승달을 더 좋아하는 사람은 대체로 고독하다고 하지요. 따스한 밥상 따위는 안중에도 없고 나는 누구이며 어디서 와서 어디로 가는가 하는 근본적인 물음만 가슴 가득 차 있어서. 왜 그리 초조했는지요. 당장에라도 해답을 찾으러 떠나야 될 것 같은 그 정체 모를 절박함이 어디서 온 건지 도무지 알 수 없었던.

그해 초파일날, 범어사에 갔다가 한밤중에 내려왔습니다.

촛불 켠 연등 하나를 들고 산길을 내려오다가 초가 기우는 바람에 불이 났지요. 연등이 다 타버린 그 불길한 밤을 비춰주던 아늑한 달빛이 기억납니다.

이제 중년을 훌쩍 넘긴 이즈음에는 달빛을 따라 산길을 걷지 않습니다.

김원숙의 〈초승달 길〉(1992)을 봅니다. 이 그림 속의 여자 역시 길을 떠나지 않네요. 그녀는 이미 스무 살이 아닌 것이겠지요.

오정희 소설에 나올 법한, 작가 자신을 연상시키는, 이제 삶의 외피가 안정된 중산층의 여인. 그녀는 마치 '옛 우물'을 들여다보듯이 멀리 달빛 비치는 길을 바라다봅니다.

가만히 보니 집 안에서 보는 게 아니라 집 바깥에서 봅니다. 집 바깥에서 집 안으로 난 창문을 통해 초승달 길을 바라보고 있는 것이지요. 그런 여자의 뒷모습은 고적하고도 쓸쓸해 보입니다. 레이스 커튼 자락이 드리워진, 달빛 밀려드는 이 층에서 잠든 여자는. 이제 꿈속에서도 길을 떠나지 않습니다. 화폭에 셋이나 되는 초승달, 마치 그것을 엇갈리게 마주 붙여놓은 것 같은 도로의 모양새. 이 소도구들이 모두 그림을 사색하고 명상하는 분위기로 이끄네요. 슬레이트 지붕 위에 떨어지기 시작하는 빗소리처럼, 토닥토닥 무언가 말을 건네는 것 같네요. 그림으로 그린 시랄까, 산문이기도 하지요.

여성이 남성의 시선에 비친 타자로서가 아니라 여성 스스로 그 일상의 주체가 되는 시선을 가진 이런 그림. 김원숙의 흡인력은 바로 이 지점에 있습니다. 보는 이로 하여금 동일시가 가능한 보편타당성. 일상 속에 나타나는 사랑과 미움, 그리움과 외로움, 고통과 환희 따위를 중산층 여성의 자의식적 이미지로 드러내고 있는 그림들이지요.

김원숙의 〈평형잡기〉도 참 재밌지요. 시퍼런 강물 위에서 아찔한 외줄타기를 하는 남자. 그의 어깨 위에는 물구나무선 여자가 위태롭게 놓여 있습니다. 혼자 건너기도 만만찮은 판에 여자까지 얹혔으니. 평행봉을 쥔 손에 힘을 주며 무게중심을 잡느라 안간힘을 쓰는 남자. 여자 또한 죽을힘을 다해 버티고 있기는 매한가지지요. 자칫 한눈을 팔다가는 바로 강물 아래로 추락하고 말 것입니다. 물구나무를 서면 응당 뒤집혀 아래로 흘러내려 속옷이 다 보이는 게 리얼일 텐데 여자의 치마를 빳빳하게 긴장시킨 표현도 재치 있네요. 그만큼 평형잡기를 위한 여자의 노력도 만만찮다는 표현일까요? 우리네 삶이, 아니 좁혀서 말하면 우리의 결혼생활이란 것이 바로 이런 위태로운 외줄타기 아닌가요 하는 이 기발한 비유법에 위트가 느껴지네요.

그녀는 그림을 생활필수품이 아니라고, 장식이라고 잘라 말합니다. 그리고 한술 더 뜨지요. 이 그림은 침대용, 저건 소파용, 그건 복도용이라고 능청을 떨면서 말입니다.

그녀가 처음 미국에 간 1972년에는 잭슨 폴락 같은 '컬러 필드'라는 색채 추상이 유행하던 때였답니다. 이것이 현대미술인가 하고 그런 그림을 그렸대요. 하지만 큰 캔버스에 물감 붓고 페인트 부어서는 자신의 그림이 안 나오더래요. 너무 고상하고 근사해서 자신에겐 영 맞지 않더라는 거죠. 자신이 원하는 스타일은 그런 게 아니었다고요. 어떤 남자랑 데이트 나갔는데 달이 아름답더라. 그러니까, 누굴 만났는데 그때 본 달이 진짜 기막히게 멋있었어. 뭐 그런 걸 표현하고 싶었다는 거지요. 그녀는 비로소 붓과 먹으로 종이에 그림을 그리는 것을 시작한 거죠. 그게 맞아떨어졌고 서양에선 동양화가라 불리고 동양에선 서양화가라 불리는, 두 개가 섞인 독특한 김원숙 그림을 만들어낸 것입니다.

소실점이 있는 길

마인데르트 호베마의 〈미델하르니스의 길〉

...

〈미델하르니스의 길〉을 보면서 전원교향곡을 듣습니다. 청각을 잃고 빈의 숲길을 산책하던 베토벤이 자연의 소리를 느끼면서 지은 '전원'과 호베마가 20년 공백을 마감한 역작 〈미델하르니스의 길〉은 닮은 듯하면서 다른 느낌이지요. 베토벤이 직접 표제를 붙인 '전원'이나 호베마의 〈미델하르니스의 길〉이나 '전원' 풍경이라는 점에서는 닮았네요.

그림 속에 나타난 17세기 북유럽의 전원 풍경은 우리가 유년을 보낸 고향의 포플러 가로수 길과 별 다르지 않습니다. 그림 중앙의 멀리 소실점까지, 높다랗고 가느다란 나무들이 나란히 서 있는 길. 광활한 하늘에 떠 있는 구름을 이고 시원하게 뻗어 있는 가로수. 내 눈길은 언제나 길이 끝나는 거기 소실점에 가닿습니다. 길 중앙에 개를 데리고 유유히 걸어가는 남자의 뒤, 먼 원경으로 세 사람이 그림자처럼 보입니다.

문득, 부연 먼지를 일으키며 달아난 오토바이를 뒤쫓아가다 넘어지는 상고머리 여자아이가 떠오르네요. 여자아이는 7살 반의 내 모습이지요. 오토바이 소리가 타타타타 멀어지고 뒤꽁무니에 앉은 어머니의 포플린 치맛자락도 길 끝으로 사라지면 먼지는 가라앉고 이내 한낮의 정적이 찾아들어요.

아이는 껙껙 남은 울음을 삼킵니다. 그러고는 일어나 옷을 털고, 어머니를 태우고 키 큰 포플러 가로수 길로 사라진 오토바이를 따라 타박타박 걷기 시작합니다. 길 끝 어디쯤에서 빠르게 멀어져간 어머니를 만날 것 같아서…….

이제 노인이 되신 어머니, 그때 내가 길을 잃고 울고 있는 걸 이웃 사람이 데려왔었다고 합니다. 초등학교에 입학하기 위해 부산으로 온 여덟 살이 되기 전까지 나는 두어 번 더 길을 잃었지요.

이 그림은 내가 길에서 본 선원근법이 강조되어 있습니다. 서로 마주 보고 나란히 선 가로수가 만든 선을 연장하면 한 점에서 만나게 되지요. 이 점이 소실점입니다.

그러나 실제로 이런 일은 일어나지 않지요. 기차 레일을 멀리서 보면 두 선(평행선)이 만날 것 같은 착각을 일으키는 것처럼. 일곱 살 반의 내 눈에도 길이 마치 소실점 같은 끝이 있어서 어느 지점에서 어머니를 만날 수 있을 거라고 생각했겠지요. 길을 떠나는 누구나가 길 끝에서 간절히 바라는 무언가를 만나게 되기를 기원하는 것처럼.

〈미델하르니스의 길〉에서는 이른 봄 오후 한나절, 북구의 청량한 대기가 느껴집니다. 빛의 흐름에 따라 색을 달리하는 흰색과 회색 구름의 움직임은 경쾌하지요. 가로수 길을 가운데에 두고 오른쪽의 길 위에는 두 남녀가 나직하게 이야기를 나누고 어른 키만큼 자란 과수를 손질하는 농부의 모습도 한가롭네요.

모래땅이 많은 지대여서 군데군데 패인 길 왼편으로 다정하게 머리를 맞대고 모여 앉은 빨간 지붕의 민가도, 따뜻하고 편안하기 그지없고요. 마을 끝 숲속에 있는 교회당의 종루는 하늘 위로 높이 솟아 평화롭고, 대여섯 마리의 새들도 유유히 날아다녀요. 더할 나위없이 평화로운 그림입니다. 색채는 밝은 초록과 희미한 갈색 그리고 연한 회색과 빨강색의 상호작용으로 매우 다채롭고요.

런던 국립화랑에 소장되어 있는 이 그림에 너무나 매혹된 나머지 호프스테데 데 그루트라는 이는 렘브란트의 그림 〈평의원들(Syndics)〉에 버금간다고 격찬을 아끼지 않았지요. 그는 호베마가 20년 이상 작품을 내지 않다가 이것을 1689년에 그렸다는 사실을 상상하기 힘들었답니다. 그래서 그는 다소 희미해진 '8'자를 처음에는 '6'자로 읽었다고 합니다. 하지만 최근에 그것을 클리닝한 뒤에야 비로소 1689년이 정확하다는 사실을 확인했답니다.

〈미델하르니스의 길〉을 보면서 제5악장 알레그레토를 들는 시간은 조금 쓸쓸하기도 합니다. '특징 있는 교향곡-전원 생활의 추억'이라고 부제를 붙인 곡. '전원'은 이미 우리들의 추억 속에나 있는 건지도 모르겠습니다. 내가 유년을 보낸, 방앗간과 성당과 포플러 가로수가 있던 성주에는 공장이 들어선 지 오랩니다. 오토바이 먼지를 뽀얗게 일으키던 가로수 길도 진즉 사라지고 없고요.

전원교향곡이 흐르는 〈미델하르니스의 길〉을 걷다 보면 그 끝에서 우리들의 잃어버린 고향을 만날 수 있을까요. 그 길 끝에 서서 포플린 치맛자락을 펄럭이며 달아나던 젊은 어머니를 만날 수 있을까요.

화가의 얼굴

렘브란트 반 레인의 〈커다란 자화상〉

...

일생 동안 렘브란트만큼 자화상을 많이 그린 화가도 드물 것입니다. 그는 화가 초년생 시절부터 세상을 떠날 때까지 약 100여 점에 달하는 자화상을 줄기차게 그렸습니다. 몇 년 전에는 런던 국립미술관에서 그의 자화상만 모아 '평생에 한 번밖에 볼 수 없는 전시회'라는 구호를 내걸고 전시를 했을 정도니까요. 미국과 유럽 전역의 미술관에서 빌려온 그의 자화상들만 60점 이상을 모았다고 하니 그건 또 얼마나 장관이었을까요. 그것은 한 예술가의 청춘기부터 노년기까지의 인생역정을 그린 대서사시였을 것입니다. 재능 있는 천재에서 원숙한 대가로, 그리고는 너무도 당연한 듯이 찾아온 잔혹한 시련에 좌절하지 않고 예술을 향한 뜨거운 사랑을 죽는 날까지 지킨 렘브란트의 얼굴과 그 눈, 자기 안으로 열려 있어서 끝없이 우리를 빨아들이는 그 눈에 얼마나 많은 사람들이 전율했을까요.

자화상을 본다는 의미는 복합적이지요. 화가의 얼굴을 통해서 그가 산 시대의 노출된 일기를 읽는 것과 그림 속에 투영된 감상자 자신의 내면을 성찰하는 일이 그것입니다.

1652년에 그린 렘브란트의 〈커다란 자화상〉을 봅니다. 그의 얼굴은 왼쪽으로부터 집중적으로 빛을 받고 있는데 반해 상대적으로 대충 스케치한 외투나 양손은 어둡고 그늘집니다. 렘브란트 그림의 이 빛과 어둠의 대조가 차분하면서도 풍부한 표정의 얼굴 묘사를 더욱 인상적이게 하는 비밀이랍니다. 렘브란트의 후기 자화상들은 감상자들마저도 저절로 사색에 빠져들게 하는 힘을 가지고 있지요. 그는 팔꿈치를 뒤로 젖혀서 벨트에 양 엄지 손가락을 끼운 채 허리에 손을 척 얹고 파도처럼 밀려오는 고통 앞에 당당하게 맞짱을 뜰 자세로 서 있습니다. 그러고는 자신의 이야기 속으로 우리를 한없이 끌고 들어가지요.

미간에 깊게 패인 주름과 의지적으로 꽉 다문 입술, 목에 난 시간의 켜 같은 잔주름, 아, 그리고 저 우수에 가득한 눈빛. 이것은 그가 마흔여섯 살 되던 해의 모습입니다. 그 시절, 렘브란트에게는 무슨 일이 일어났던 것일까요. 무슨 일이 있었기에 그의 눈은 저토록 깊은 슬픔을 머금고 있는 걸까요.

그 시기, 여자와 돈을 둘러싼 추문에 휘말려 렘브란트는 파산 직전이었습니다. 1636년부터 2년 간격으로 나란히 세 아이가 죽고 생후 9개월 된 아들을 남겨두고 아내 사스키아

도 죽고 어머니마저 세상을 떠났지요. 과히 불행의 쓰나미랄 밖에요.

그 후 어린 아들을 돌보기 위해 들어온 과부에게 죽은 부인의 값비싼 보석을 주는 등 잠시 마음을 빼앗기기도 하지요. 그러다 곧 하녀로 들어온 아가씨와 다시 연애에 빠지고. 아가씨에게 밀려 쫓겨난 과부가 혼인빙자간음죄로 고소를 하면서 끊임없이 송사에 휘말리는 불운까지 겪지요.

게다가 그가 살고 있던 브레스트라트에 있는 대저택을 잡힌 부채가 3년 3개월이나 밀려 빚은 눈덩이처럼 불어납니다. 그 때문에 1656년에는 마침내 파산하게 되지요.

〈커다란 자화상〉은 바로 그러한 재정적 압박이 극에 달했던 시기에 그려졌습니다. 곤경에 처하게 된 바로 이 시기에 그의 작품들이 예술적 힘과 불멸성을 획득했고 위대한 걸작 몇 점도 바로 이 시기에 그려졌다고 하는 것은 또 얼마나 두려운 진실인가요. 예술가의 걸작은 극한의 고통과 불운을 담보해야만 가능한 것일까요?

문득 두 주 전에 영천의 창작농활에서 만난 젊은 소설가의 이야기가 생각납니다. 등단 초기에 남편이 실직하여 갓난아이 우유값을 걱정해야 할 정도로 어려웠다고. 그네는 어쩔 수 없이 출산한 지 보름 만에 일어나 죽어라고 소설을 썼다고. 운 좋게도 책이 팔리고, 이름을 얻고, 청탁도 늘고, 남편 또한 소득이 높은 직장을 잡았다고. 이젠 오십 평형대의 아파트에 외제 승용차에 호텔급의 작업실까지 갖추었는데도 어쩐 일인지 얼마 전부터 영 글이 안 되어서 그 호텔급의 작업실에서 술만 마시고 있다며 담배연기를 길게 뿜어내더군요.

렘브란트가 이 고난의 시기에 그린 자화상이 청춘시절이나 크게 출세한 장년기에 그려진 자화상보다 우리들에게 훨씬 더 깊은 감동을 주는 것도 예술과 고통과의 그 묘한 함수관계 때문은 아닐는지.

가난에 대하여

케테 콜비츠의 〈집 없는 도시인〉

...

한 시인이 가난은 한낱 남루에 지나지 않는다고 노래했습니다. 부와 명예와 권력을 모두 누린 그에게 다른 시인이 발끈했지요. 논 닷 마지기 짓는 농부가 자식 넷을 키우고 학교 보내는 일이 얼마나 고달픈가 우리는 다 안다. 집 한 칸 없는 소시민이 자기 집을 마련하는 데 평생을 건다는 것을 우리는 다 안다. 새끼들 키우느라 기둥뿌리가 뽑히고 개똥논이 날아가는데 그래도 가난이 한낱 남루에 지나지 않는가 하고.

가난에 대해 좀체 입을 열지 않는 한 소설가가 술김에 말했습니다. 전쟁이 끝날 무렵, 병든 아버지를 다리 아래에다 뉘어놓고 아침저녁으로 밥 비렁질을 나다녔는데 그때, 소망이 딱 두 가지였답니다. 첫째는 병든 아버지가 돌아가주셔서 밥 동냥이나마 짐을 덜고 싶은 것. 그래서 동냥해 온 음식을 혼자 맘껏 먹어치우는 것이었고, 둘째는 분유 깡통 같은 데에 철사 끈을 양쪽에 매어 들고 구걸 다니는 게 창피해서 다른 동업자 아이들처럼 미제 군용 반합을 구해, 보란 듯이 밥을 얻으러 다니는 것이었다고. 그 군용 반합이 그처럼 부러워 보일 수가 없었다고요. 그는 다른 소설가가 쓴 가난에 대한 소설에 대고 발끈한답니다. 제 놈들이 뭘 알아, 가난을 살아봤어? 정말로 한번 가난이란 걸 살아보겠어! 뱃때지 뜨뜻하게 밥 처묵고 아랫목에 드러누워 무슨 가난이 어쩌고 어째? 라고요.

콜비츠의 〈집 없는 도시인〉(1926)에는 구걸할 힘조차 없어 보이는 한 가족이 등장하지요. 남편을 잃은 여인과 아버지를 잃은 아이들. 더 이상 굴러떨어질 곳 없는 도시의 최하층민으로 전락한 한 가족의 절망적인 순간 말입니다. 배가 고파 울다 지쳐 잠든 큰아이와 나오지 않는 젖을 빨며 엄마 품을 파고드는 갓난아이를 안고, 어떻게 하면 이 자식들을 먹여서 살려낼까 하는 고뇌에 찬 어머니의 비참한 모습. 가난과 궁핍에 대해서 어떤 문장보다 더 적확하고 절실하게 표현된 이 한 장의 그림 앞에서 나는 울컥하는 마음을 어쩌지 못합니다.

석판용 크레용을 사용하여 그 터치와 질감이 데생을 한 것처럼 생생하게 묘사되는 효과를 보이는 것이 콜비츠의 방식이지요. 다양한 밀도를 지닌 음영으로 인해서 피라미드의 구도 안에 놓인 인물을 한층 처절한 분위기로 이끌고 있지요.

그녀는 모성애를 여성의 타고난 본능으로만 해석하지 않습니다. 거기에 계급과 역사라는 구체적인 차원을 제시하고 있으니까요. 이 노동계급의 어머니를 벼랑 끝으로 내모는 구조적인 모순은 역사와 사회의 책임이라고 보는 것이지요. 콜비츠의 그림이 가지는 위력은 바로 여기에 있지요. 우리들 마음의 가장 깊은 곳에 도사리고 있는, 나 혼자만, 내 가족만 잘살면 그만이라는 이기주의를 버리고, 가난 속에 허덕이는 자들을 하루 속히 해방시켜야 한다는 적극적인 협력과 연대의 의미가 담겨 있으니까요.

"나의 작품 행위에는 목적이 있다. 구제받을 길 없는 자들, 상담도 변호도 받을 수 없는 사람들, 정말 도움을 필요로 하는 이 시대의 인간들을 위해, 한 가닥의 책임과 역할을 담당하려 한다."

콜비츠의 이 말은 소외된 계층의 민중들을 위하여 예술이 과연 무엇을 할 것인가 하는 질문을 던지고 있지요. 빈곤의 문제가 어디 콜비츠의 시대에만 국한되나요? 여전히 세계 전역에서는 수많은 사람들이 기아와 질병, 실업, 전쟁 등으로 고통받고 있습니다. 냉정한 후기 산업 자본주의 시대가 도래하면서 상대적 박탈감 또한 더욱 극심해지고 있으니까요.

〈집 없는 도시인〉을 보면 74억 원짜리 초호화 저택에 사는 기업가와 보증금 없이 일세 오천 원의 생선 썩는 냄새가 진동하는 쪽방에서, 누구 씬지도 모르는 아이를 낳아 앵벌이를

시키는 '그 여자'가 떠오릅니다. 빈곤은 최소한의 가족 관계에서 지켜야 할 예의조차 허락하지 않는 것이지요.

아, 과연, 그래도 가난이 한낱 남루에 지나지 않는다고 말할 수 있는 걸까요.

펄펄 끓기 시작해서 4분간

제임스 애벗 맥닐 휘슬러의
〈검정과 황금색의 야상곡-떨어지는 불꽃〉

...

다시 밤입니다. 휘슬러의 그림을 앞에 두고 드뷔시의 음악 〈야상곡〉을 듣는 밤입니다. 깊은 어둠 같은 고독과 세상의 모든 슬픔과 고통이 야상곡 속으로 스러집니다. 달빛이 비치는 은빛 물결 위에서 들리는 신비로운 노랫소리와 폭죽이 떨어지는 밤의 오렌지빛 불꽃이 불멸의 사랑을 생각하게 합니다.

간밤에 모처럼 단편 하나를 끝냈습니다. 영화 〈엘비라 마디간〉에서 영감을 얻었지요. '계란을 어떻게 삶을까요?' 여자가 묻습니다. '물이 뜨겁게 펄펄 끓기 시작해서 4분간만'이라고 남자가 대답하지요. 단지 사랑만을 위해서 자살하고 마는 연인들의 대화는 이렇듯 뜨겁습니다. 사랑도 삶도 펄펄 끓기 시작해서 딱 4분간만이라고 하니까요. 예술이건 삶이건 무어 다를 바 있습니까. 예술과 삶은 서로 영감을 주고, 빚지고, 또 그렇게 영향 받으면서 자라는 거지요. 휘슬러의 〈야상곡〉 연작들에서 영감을 얻어 드뷔시가 〈야상곡〉을 작곡한 것도 그렇습니다. 드뷔시는 인상파 화가들이 빛을 중요시하듯이 음악에서 색채적 감각을 중히 여기지요. 이 위대한 예술가들의 그림과 음악이 모두 밤의 빛깔과 감각을 노래하고 있습니다.

〈검정과 황금색의 야상곡-떨어지는 불꽃〉(1875)은 밤의 풍경입니다. 휘슬러는 해질녘에 뛰쳐나가 강가에서 밤을 새우며 크레몬 정원을 헤맸습니다. 미스터 웰스란 이가 저녁마다 이곳에서 불꽃놀이를 했지요. 휘슬러는 돌아와서 그 아름다운 밤의 장면을 스케치하지만 그것들을 유화로 그리는 작업은 불가능했습니다. 그는 고민에 빠졌지요. 하지만 곧 이러한 신비스럽고 조용한 밤의 세계를 캔버스 위에 그릴 수 있는 열쇠가 '기억'이란 걸 깨닫게 됩니다. 그는 그 장면들을 집요하게 기억한 뒤 화실로 돌아와서 가능한 빠르게 화폭에 담았습니다.

이 그림 〈검정과 황금색의 야상곡-떨어지는 불꽃〉을 이틀만에 그린 것은 바로 이런 이유 때문이 아니었을까요. 비평가 러스킨이 이 그림을 '공중의 면전에 물감통을 끼얹은 그림'이라고 혹평하며 겨우 이틀밖에 걸리지 않은 그림을 어찌 '200기니'나 받을 수 있느냐고 비난하는 바람에 법정소송까지 갔지요. 휘슬러의 대답이 걸작입니다. 예술작품의 가치

는 그것을 만드는 시간에 있는 것이 아니고 예술가의 재능에 달린 것이라고요. 러스킨의 참패는 두말할 필요가 없겠지요. 그는 〈야상곡〉들을 그리기 위해 자신만의 매재까지 개발합니다. 그것은 바로 코팔, 테레빈유, 그리고 그가 소스라고 부르는 아마인유를 섞은 묽은 혼합체였습니다. 실제로 그는 작업을 마친 화폭을 말리기 위해 정원에 내놓곤 했지요. '야상곡'이란 명칭은 프리드릭 레이랜드에게 빚졌습니다. 그는 감사의 편지에 "나의 달빛들의 작품에 대한 제목으로 〈야상곡〉은 내가 말하고자 하는 모든 것을 시적으로 표현한 매력적인 이름입니다."라고 썼습니다. 〈야상곡〉은 선, 형상, 그리고 색깔의 배열(합)입니다. 휘슬러 그림의 진수인 '야상곡' 연작들은 이렇게 탄생한 거지요.

둥근 정원에서 불꽃을 쏘고 있습니다. 길에는 사람들의 모습이 보이고(세 사람인데 왼쪽에 있는 한 사람은 마치 유령처럼 형상만 보임) 검은색 배경의 왼쪽 끝을 따라 도는 것 같은 크레몬 정원의 나무가 밤하늘에 서 있습니다. 물론 그것들의 형체는 아주 추상적이지요. 어두운 밤하늘 높이 올라간 오렌지 빛 불꽃이 점점이 떨어지고 있습니다. 역시 그림의 절정은 화폭 맨 꼭대기에서 빛나는 붉은색과 분홍과 녹색 점의 불꽃이지요. 사랑과 예술 역시 아무리 생각해도 불꽃입니다. 척박한 세상, 이 깜깜한 밤하늘에 한순간 빛나는 불꽃처럼 아름답게 살다 가고 싶지 않은 인생이 어디 있겠습니까. 물이 뜨겁게 끓기 시작해서 딱 4분간만이 계란과, 삶과, 사랑의 불멸인 게 지요.

　밤이 깊었습니다. 그림과 음악과 밤이 주는 몽환 때문에 좀 감상에 빠지고 말았네요. 그렇다고 너무 나무라지는 마십시오. 절반의 죄는 이 외로운 밤에 있답니다.

빛의 바다

앙리 마티스의 〈호사, 평온, 관능〉

...

　좋아하는 언니의 단골 점집에 따라간 적이 있습니다. 가벼운 신경증 환자가 정신과 의사를 찾듯이 언니는 집안의 대소사를 백 선생이라 불리는 그 남자와 의논하곤 했지요. 언니는 아이의 입시를 앞두고 있었고 나는 막 일을 접고 글 쓰는 시늉을 하고 있었습니다. 백 선생은 내가 자리에 앉기도 전에 마치 선승처럼 일갈했습니다.

　아이고 쯔쯧, 목마른 나무구나. 오뉴월 땡볕에 타는 나무가 말라 죽지 않은 것만도 가상타.

　그는 혀를 끌끌 찼습니다. 나는 286 컴퓨터를 끌어안고 밤을 꼴딱 샌 뒤끝이라 몰골이 말이 아니었습니다. 그는 부적 따윈 쓸 필요도 없으니 당장 가서 바닷가나 강가로 이사하라고. 그것만이 최상의 비방이라고. 점쟁이 특유의 단정적이고 확신에 찬 어조로 몰아쳤습니다. 그땐, 당장에 물가로 이사할 상황도 아니었고 또 시간이 지나면서는 잊고 말았는데

나도 모르게 마음은 늘 바닷가로 끌리고 있었던 모양입니다. 유년과 청소년기를 보낸 고향 영도 바닷가, 아이를 기르던 동삼동 바닷가. 그리고 3년 전 떠나온, 천지가 완벽한 하얀색인 송정 바닷가까지. 나는 어쩌면 말라 죽지 않으려는 본능적 갈망으로 생의 굽이마다 바닷가를 찾아가 시퍼런 물빛에 가슴을 담그곤 했던 것 같습니다.

해운대 바다에 서서 시퍼린 물빛에 가슴을 남그고 마티스의 바다는 무엇이었을까를 생각합니다.

그의 바다는, 색채입니다.

소설『앙리 마티스』를 쓴 루이 아라공은 마티스의 색채를 두고 '그의 그림 옆에서는 반 고흐, 르누아르, 모네, 터너의 그림마저 빛을 잃고 만다.'고 말했습니다.

순수한 색채, 단순한 선만으로도 이전의 어떤 대가들보다 더 눈부신 빛을 창조한 화가 마티스. 그는 '원색의 마술사'란 호칭에 걸맞은 화가였습니다.

이 그림, 〈호사, 평온, 관능〉은 바닷가의 황홀한 풍광과 여인들의 관능적인 모습을 그린 것입니다. 시냑의 초청을 받고 간 플라주 데 그라니에 해변에서 그린 생트로페 항구의 풍경이지요. 바다나 항구의 그림을 많이 그린 시냑도 이 생트로페 항구의 그림을 여러 점 그렸지만 마티스의 색채와 형태와는 다르지요. 마티스의 바다에 브르타뉴의 거센 파도나 물거품 따위는 보이지 않지요. 그는 인물을 중시했어요. 마티스의 바다에는 한껏 여유롭게 해수욕을 즐기며 차를 마시는 벗은 여자들이 있습니다. 하지만 누드 자체가 갖는 아름다움이나 눈부심 따위를 강조해서 그린 건 아니지요. 그보다는 여인들의 율동감이 갖는 리듬이 훨씬 돋보입니다.

바닷가에 서 있는 여인, 웅크리고 있는 여인, 물에 젖은 긴 머리 타래를 들어 올리고 있는 여인들의 정신성이 느껴지는 선과 리듬. 그것들은 약간의 분홍과 파랑, 녹색과 함께 무지개 빛깔로 채색되어 있습니다. 빨주노초남보. 색깔을 따라가다 보면 금방이라도 경쾌한 음악이 울려 나올 것만 같네요. 바다와 산과 배와 누드. 여자의 나신을 부드럽게 애무하는 바람과 황금빛 햇살이 어우러진 바다의 교향악 같은 것. 실제로 그는 음악을 좋아했고 어릴 때부터 배운 바이올린 솜씨도 수준급이었답니다.

마티스의 그림에는 모차르트적 경쾌함이 있습니다. 관람자를 유쾌하게 만드는 팽팽한 탄력이 일상의 우울과 권태를 확 날려버릴 것 같지요.

이 그림의 제목에서 표현하고자 한 '호사'란 세련되고 단순화된 삶의 풍요로움 즉, 고요와 열락, 질서와 아름다움을 노래한 보들레르의 시였지요.

쇠라의 점묘법을 이용해 표현된 이 작품은 지중해안의 밝은 광선에 끌리고 있던 그의 색감이 그대로 살아나 있습니다. 하지만 이 시기에 그린 〈모자를 그린 여인〉에서는 더욱

강렬하고 도발적인 원색이 나타나지요. '나는 어디서나 스스로를 탐구했다.'고 한 그의 말처럼 그는 끊임없이 자신의 예술적 가능성을 탐구하면서 대담한 원색과 장식적인 색채, 독특한 주관적 해석을 거친 색채로서 결국은 빛의 절정에 도달했습니다.

마티스가 그린 생트로페처럼 해운대의 아침 바다도 빛의 바다였습니다. 마티스의 강렬한 원색을 닮은 빛이었습니다.

빈집
노원희의 〈무소식〉

...

외가 뒤뜰에는 포대기로 둘러싼 듯 아카시 나무 숲이 빽빽했습니다. 겨우내 군불을 지피기 위해 시월이면 가지를 쳐내곤 해서 생울타리가 쑥 내려갔다가 이듬해 봄이면 다시 키대로 자라나곤 했지요. 자고 나면 어울리던 이웃 아이들도 생울타리에 떼 지어 몰려다니던 참새처럼 명랑했고요. 종가에 대농이어서 사람들이 우글우글했는데도 엄마는 나를 금쪽같이 아꼈습니다.

5월이면 집 안을 흘러 다니던 아카시아꽃 향기처럼 아찔한 동물적 사랑이었지요. 제가 아카시아 향수를 본능적으로 좋아하는 것도 유년의 기억 때문이지 싶습니다. 엄마를 따라 부산에서 성주 외가로 와 이태를 보내고는 초등학교에 입학하기 위해 다시 부산으로 끌려가던 날의 공포감. 읍내까지 나와서 버스—기차—다시 버스를 타고 내린 남항의 녹 비린내 때문에 헛구역질을 했던 기억. 학교 음악책에는 또 왜 그

리 고향을 그리워하는 노래가 많은지요. '내—애 고향 가고
싶다. 그—리—운 언덕, 동무들과 함께 올라 뛰—놀던—언
덕' 노래를 부르면 어찌나 눈물이 나던지요. 변변찮은 내 소
설에 집 이야기가 자주 등장한 것도 유년의 상실감과 무관
하지 않습니다. 그중 『빈집』은 12년 전 갤러리 누보에서 본
그림이 모티브가 되었지요. 남들과 별반 다르지 않은 일상이
그럭저럭 굴러가고 있었는데도 왠지 자신의 삶이 그럴 수 없
이 쓸쓸하고 텅 빈 집 같았습니다. 그 결핍감이 「빈집」과 「지
붕 없는 집」, 「가시고기의 집」들을 쓰게 했겠지요. 그걸로 집
에 대해서 반분은 푼 줄 알았습니다.

　그런데 은행잎이 날리던 지난 가을, 경남도립미술관에
서 본 또 다른 빈집이 나를 흔들었습니다. 노원희의 〈무소
식〉(2001)이었지요. 버드나무 잎이 무성한 소박하고도 아름
다운 여름의 집이, 거기 어슴푸레하게 서 있었습니다. 화면은
온통 7월의 여름날이 연상되는 연녹색 바탕이었고요. 그 위
에 사물들은 콩테로 세심하게 그려져 있었습니다. 어떤 알지
못할 그리움 속으로 한없이 끌려 들어가는 듯한 느낌을 받
는 한순간, 울컥 울음이 일었답니다. 거기 마치 돋을새김처럼
'수취인 불명'이란 우체국 소인이 찍혀 있었거든요. 한때는
저녁의 불빛처럼 따스했을 그 집을, 떠날 수밖에 없었던 누
군가의 아니 우리 모두의 안부를 묻고 있는 작가의 안타깝
고도 진지한 시선이 수취인 불명이란 소인이 찍혀 내게로 반

송되는 거였습니다. 그들이 수취인 불명인데 혼자만 편해서는 안 되는 거 아니냐고 묻는 것 같았습니다.

사람들은 대개 어린 시절을 보낸 집에 대한 추억을 갖고 삽니다. 그 집의 개별적이고 내밀한 구조며 원초적인 아늑함은 아무리 비천한 거소라 할지라도 가슴속에 곱게 채색될 테니까요.

저는 아직도 기와가 얹힌 외가의 대문이 열리면서 나던 삐거덕거리는 문소리며, 눈 감고도 찾아들 수 있는 뒤주채의 그 많은 봉태기(새끼줄을 꼬아 엮어 만든 깊숙한 바구니) 속에 들어 있던 콩이며 팥이며 동부며 질금 따위의 곡식들을 소꿉놀이하느라 한 웅큼씩 집어낼 때의 촉감이 여전히 손안에 남아 있거든요. 그래서 바슐라르는 집이 인간의 사상과 추억과 꿈을 한데 통합하는 가장 큰 힘이라고 했나 봅니다. 집이 없다면 인간의 존재는 산산이 흩어져버릴 테지요. 집은 인간 존재가 만나는 최초의 세계요 우주가 아닐까요. 그런 집에서 내쫓겨야 하는 아이엠에프 때의 우리 이웃들을 추억하는 메시지가 바로 노원희의 집 그림에 담겨 있습니다.

키 큰 버드나무와 열린 대문. 화면 가장자리에 선 새 한 마리. 가만히 보니 발이 없습니다. 집 바깥의 먼 데에 시선을 두고 선, 날지 않는 새. 아니 날지 못하는 새인지도 모르죠. 또 있습니다. 추억 속의 지붕 위로 커다랗게 확대된 수취인 불명 소인의 반송날짜는 1997년 7월 12일입니다. 제작 시기가 2001년이니까 그림은 4년 전 여름날의 어느 하루겠지요. 1997년 7월이 어떤 시기였던가요. '아이엠에프'로 숱한 이웃들이 문밖으로, 집의 존재 밖으로 내쫓기는 경험을 해야 했었지요. '정리해고', '신용불량', '노숙자', '이혼', '자살'…… 이런 단어들이 무심히 떠돌던 그때 말입니다. 1997년 7월이라는 수취인 불명 소인은 아이엠에프의 추억만이 아니라 집이라는 존재의 실존적 문제까지도 다시금 돌아보게 만드는군요.

나목

박수근의 〈나무와 여인〉

...

    주말에 박수근 미술관을 다녀왔습니다. 막 수능 짐을 벗은 딸아이랑 함께였지요. 개관 소식을 듣고 한 번쯤 가보리라 별렀었는데, 하필이면 올 들어 제일 춥다는 날 나서게 되었습니다. 양구의 겨울 날씨가 만만찮다는 정보에 내복까지 사 입었지요. 그런데도 버스 터미널에서 내려 몇 발짝 걷는데 살갗이 얼어붙는 듯했습니다. 적당히 나태하고 안일해진 심신이 얼음장처럼 긴장했지요. 예전에는 육지 속 외딴섬이라고 불린 군사분계선 가까운 양구의 겨울. 나태와 안일을 추호도 용납하지 않는 아, 이런 추위라니요. 겨울 맛은 이렇게 정신을 번쩍 들게 하는 선방의 죽비 같은 게지요. 나목을 그린 박수근의 내면 풍경에 다가서기에 겨울은 맞춤한 계절입니다.

    "자연이 풍요한 남쪽에서는 자연을 노래하고 자연이 혹독한 북쪽 지방에서는 자연을 극복의 대상으로 보거나 아니면 어떤 절대적인 형태 속에 안주하려고 한다"는 보링거의 말에 고개가 끄덕여집니다. 나목을 중심으로 한 발가벗은 풍경들은 대상을 색채가 아니라 형태로서 접근하려는 박수근의 의지처럼 보이니까요.

이 그림 〈나무와 여인〉은 박수근의 나목이 있는 풍경 가운데 대표작입니다. 네 점이나 되는 연작 중에 제일 나중에 그린 대작이지요. 그가 가장 애착을 보였던 두 개의 모티프가 나무와 여인인데 이것을 한 화면 속에 배치한 그림이지요. 나무가 인물의 배경이 되거나 나무가 있는 풍경 속에 여인이 그려진 예는 많지만 여인과 나무가 이렇게 대등한 관계로 등장하는 작품은 〈나무와 여인〉 연작뿐입니다. 나무와 여인, 둘 중 어느 하나가 빠져도 작품이 안 되는 거지요. 이 작품의 뛰어난 조형미는 좌우 대칭의 구도와 이처럼 대비를 이루는 요소의 팽팽한 긴장감입니다. 가운데에 나목이 있고 그 아래로 머릿짐을 지고 가는 여인과 아기를 업고 서 있는 여인이 배치된 단순한 설정인데요. 이 단순한 설정이 그가 다룬 모든 여인네들을 집약하고 있다는 점에서 박수근 예술의 전형성이 보입니다. 가사노동을 하거나 생계를 꾸리기 위해 좌판을 벌인 박수근 그림 속의 여인들은 가난하지만 가족을 위한 모성애로 가득하지요. 그 때문에 그가 그린 가난한 인물들은 비관적이기보다 따뜻하게 비칩니다. 조용하면서도 부담없이 편안하고 어찌 보면 또 적막하고 쓸쓸하며 서민적인 분위기지요. 가장 민족적인 것이 가장 세계적이라는 말은 박수근에게 딱 맞는 말입니다.

미술관에는 그의 연필 데생들이 여러 점 있었습니다. 큰딸이 쓰다 버린 몽당연필에 깍지를 껴서 대추씨만 해질 때까지 아껴 썼다는 일화가 떠올랐습니다. 여러 번 지우고 다시 그려서 "돌을 쪼는 듯한, 나무를 파는 듯한 단단한 긴장감이 감돌"고 있는 나무며 사람 모습의 데생을 보고 그가 소품 하나를 만들기 위해서도 얼마나 많은 소묘와 관찰을 했을지 짐작되었습니다.

유화 가운데 작고하기 3년 전에 그린 〈굴비〉도 화집에서만 보던 거라 반가웠습니다. 새끼줄에 묶였던 자리가 움푹 패이고 구부러진 굴비는 짜디짠 소금기마저 느껴져서 마치 고흐의 초기 정물화를 보는 듯했습니다. 생전 5천원에 불과하던 호당가가 2억 원을 웃도는 바람에 미술관에는 유화 작품이 3점밖에 없었습니다. 마을사람들이 목사 될 애라고 했다는 그 선량한 사람이 뙤약볕에서 갓난아기를 업고 다니는 아내를 위해 양산을 훔치고—물론 아내의 간청으로 되돌려줌—죽는 순간까지도 아내에게 털 속치마를 해주지 못한 미안한 마음을 안고 갔다고 합니다. 사후 그림 값이란 작가정신과 신화와 전설에 비례한다던가요. 정작 화가는 꿈에도 상상하지 못했을 그림 값을 보면서 그의 그 지독한 가난을 생각하면 참 아이러니지요.

그는 일생을 인간의 선함과 진실함만을 그리다 갔습니다.

미술관과 이어지는 작은 동산의 양지바른 곳에 잠들어 있는 화가. 그의 묘지로 가는 오솔길 가에도 겨울나무들이 줄지어 서 있었습니다. 혹한 속에 창백하게 떨고 섰으면서도 기어이 봄을 기다리고 있는 나목을 배경으로 딸아이와 사진을 찍었지요. 추위에도 아랑곳없이 명랑한 아이의 손을 잡고 내려오는 정경이 마치 박수근의 그림 속 풍경 같을 거라 생각하면서 말입니다.

째려보는 사람

최석운의 〈이발하는 사람〉

...

　교수대에 오른 한 사형수의 이야기입니다. 이제 곧 그는 교수형으로 죽을 운명이었지요. 절벽 같은 공포심이 그의 앞을 가로막습니다. 그에게 검은 눈가리개를 씌우는 사형집행인의 심정도 괴롭기는 매한가지였지요. 그가 어떤 대역죄인이건 죽음을 지켜보아야 하는 사람의 마음은 속수무책일밖에. 사형장은 위기감에 휩싸이고 말지요. 그때 문득 사형수가 자신의 목을 옭아맬 밧줄고리를 두어 번 탁탁 당겨보고는 집행관에게 농담을 던집니다.

　"우리 내기나 할까요? 이 밧줄하고 내 모가지 중에서 어느 것이 먼저 떨어지는지⋯⋯."

　그러고는 슬쩍 미소 짓습니다. 둘 사이의 그 팽팽한 긴장감이 한순간이나마 풀려나간 건 두말하면 잔소리지요. 고통과 슬픔은 길고 끈질기며, 웃음은 찰나입니다. 그러기에 웃음이 보석보다 값진 게 아니겠습니까.

최석운의 그림은 우리에게 웃음을 선사합니다. 빙긋이 입가를 물들이는 웃음입니다. 경주 남산에 가면 볼 수 있는 석불의 입가에 떠오른 그런 미소. 가섭의 미소 같은 이심전심의 엷은 웃음 같은 것. 우리네 메마른 일상에 윤활유가 되고 고명을 얹어주는 그런 웃음 말입니다. 사형수의 미소는 아무래도 좀 무겁지요. 최석운의 그림이 주는 웃음은 그보다 훨씬 가벼워서 좋습니다.

그의 째려보기 연작이 참 재밌습니다.

새마을호 기차에 나란히 앉아 가게 된 낯선 신사와 숙녀가 서로를 몰래 탐색하는 눈, 지하도에서 흘끔거리는 남자를 경계하면서 지나가는 여자의 한쪽으로 돌아간 눈, 엘리베이터 안의 두 남자와 한 여자도 눈이 몰려 있기는 마찬가지입니다. 횡단보도에서 마주치며 비껴가는 남녀, 휴게소 화장실 소변기에서 오줌을 누며 상대방을 훔쳐보는 남자의 눈, 바람난 엄마의 외출을 의심스레 째려보는 딸과 혹시나 속내를 들킨 게 아닌가 불안한 엄마의 눈초리, 제주도 해녀가 일반인이나 외지인에게 갖는 경계심을 한쪽으로 몰린 눈으로 표현한 그림 등이 그것들입니다.

이 그림, 〈이발하는 사람〉(1991)의 눈도 째려보고 있네요.

초등학교에 입학할 때 처음으로 이발소에 갔던 기억이 떠오릅니다. 이발소 입구에서 늘 빙글빙글 돌아가던 빨강, 파랑, 하양 삼색등과 문을 열고 들어서면 훅 풍겨 나오던 이발소 특유의 비누 냄새. 머리털의 단백질 냄새가 섞인 묘한 냄새였지요. 깔판 위에 앉아서 뒤통수를 바짝 치켜서 깎던 상고 단발머리. 지금도 빨래판 같은 그 깔판의 감촉과 머리 뒤 목덜미 쪽에 와 닿던 비누칠한 솔의 축축한 느낌이 어제일 같습니다.

가위나 면도칼, 또는 바리깡을 든 손의 권력이란 얼마나 위협적인 것입니까. 제대로 들지 않는 수동식 바리깡은 걸핏하면 머리털이 기계에 물려서 뽑혀 나오고요. 눈물이 쏙 빠져나올 정도로 따갑고 아플 것입니다. 그림 속의 흰 가운을 입은 반 곱슬머리 이발사를 보세요. 제 맘대로 자라 콧구멍 밖으로 튀어나온 코털이 좀 지저분해 보이죠. 차림새로 보아하니 바리깡에 기름칠도 제대로 안 하고 나사도 꽉 조이지 않았을 성싶네요. 금방이라도 정수리에 바짝 밀어붙인 바리깡에 머리털이 물려 뽑혀 나올 것 같아서 조바심치는 남자의 눈을 보세요. 저절로 입가에 미소가 떠오르지 않나요. 도무지 해석을 듣지 않고서는 이해할 수 없는 난해한 현대미술 속에서 작가의 의도가 이렇게 쉽게 이심전심되는 그림이라니요.

'복날'에 이르면 영락없이 조선 후기의 풍속화를 떠올리게 됩니다. 나무에 매달린 개를 치는 몽둥이 든 남자와 보신탕 솥에다 오줌을 갈기는 걸로 속물적인 인간들을 조롱하는 또 다른 개를 보면 그 풍자와 해학의 도가 높습니다.

'기다림' 같은 한없이 쓸쓸하고 서정적인 작품에서조차 그 긴 기다림을 가볍게 들어 올리는 개와 닭과 지붕 따위의 것들로 감정의 균형을 적절히 유지하는 게 보이네요. 일상의 한구석에 천연덕스레 숨은 생의 한순간을 이렇듯 슬쩍 잡아채어서 미소를 건져 올리는 그의 기지와 익살이 참 놀랍습니다.

인생은 짧고 예술은 길다

권진규의 〈여인좌상〉

...

고려대 현대미술실의 유리 액자 안에서 작은 네 개의 전
구 불빛을 받고 있는, 권진규의 〈가사를 걸친 자소상〉을 마
주했을 때, 왜 그리 마음이 고요하고도 소슬했는지 모르겠습
니다. 평일이었고 미술실 안에는 멀찌감치 떨어진 의자에 나
란히 앉아 소곤대는 여학생 둘과 나 이외에 아무도 없었습니
다. 커다란 블라인드가 내려진 창가 별도의 코너에 〈비구니〉
와 나란히 놓인 〈가사를 걸친 자소상〉의 시선은 도판에서 본
것처럼 어딘가 먼 곳을 향하고 있었고요. 그가 죽던 날, 여
기 전시된 그의 이 마지막 작품 앞에 손님들이 가장 많이 머
물렀다고 합니다. 작가의 실존이 옮겨가 체념에 가까운 이그
러짐이 엿보이는 듯도 하지만 한마디로 도도하기 이를 데 없
다는 사람, 마력이 발산되어 전율을 느끼게 한다는 사람, 훗
날 작가의 자결 소식을 듣자 그 작품에서 이미 그러한 비극
을 예감했다고 말하는 사람도 있었답니다. 그 모든 경우들이

몽땅 해당되는 것 같았습니다. 영원을 지향하는 정신성 혹은 종교심이, 테라코타가 주는 거칠거칠하고 정겨운 질감 속에서 되살아나 한순간 어떤 비극적인 고요 속으로 나를 이끌었습니다.

내가 처음 권진규의 조각 도판을 본 것은 스무 살 즈음이었습니다. 한국의 현대작가 100인선에 권진규가 들어 있었지요. 문고판 한 권 값쯤 되는 아주 얄팍한 책이었는데, 겉표지에서 본 그의 〈자각상〉이 참 인상적이었습니다. 길고 강직해 보이는 목과 마치 순교자 같은 비장한 표정이 살아 있는 듯 사실적이었습니다. 그림도 아니고 조각을 그토록 리얼하게 표현하다니요. 점원의 눈치를 보면서 천경자를 보고 장욱진이나 김환기, 변종하를 넘겨보고 뭐 그러다가 책방을 나왔을 것입니다.

권진규란 이름이 내 기억 속에서 되살아난 것은 한참 뒤의 일입니다. 신문에서 그의 유작전이 열린다는 기사를 보았고 그와 교류한 몇몇 예술가들이 쓴 그의 생애에 관한 비탄조의 회고 글들을 보면서 그가 궁금해졌지요. 여기저기서 그에 관한 정보들이 무슨 전설처럼 들려왔습니다. 나는 그가 자살한 작가라는 안타까운 사실에 마음이 많이 아팠습니다. 우연히 들른 롯데화랑에서도, 국립현대미술관과 호암갤러리에서도 〈여인 두상〉, 〈지원의 얼굴〉과 〈마두〉, 그리고 그의 드로잉 작품들을 보았습니다.

며칠 전 서울 나들이를 했지요. 그의 작업실에 가보고 싶었거든요. 성북구 동선동 언덕배기에만 가면 찾을 수 있으리라고 생각했던 이유는 그의 작업실이 서울시 문화재가 되었다는 소식을 들었기 때문입니다. 하지만 여러 경로로 접근을 해보아도 아직은 공개를 하지 않고 있다고 해서 못 보고 돌아왔습니다.

깊은 우물이 있었다던 마당, 작업실 남쪽 유리문에 드리운 발 사이로 해 질 녘이면 석양빛이 고요히 스며들었다던 그곳. 황혼 무렵에 부근 언덕 위 교회에서 들려오던 신도들의 박수소리와 울음소리가 흡사 저승에서 들려오는 것만 같았다는, 벽에는 낡은 물레가 걸려 있고 낡은 라디오와 폴라로이드 사진기가 있던 그곳. 방 안 가득 말없는 인물 조각상들이 널려 있는, 그 방에 가만히 앉아 있노라면 죽음의 정적 속으로 한없이 이끌려 들어가는 느낌이 들었다는 그곳을. 못 보았는데도 마치 본 것처럼 느껴지던 그곳.

이 작품, 〈여인좌상〉(1968)은 풍만한 몸매를 드러내고 두 무릎을 세우고 앉아 한 팔로 턱을 괸 누드를 표현한 작품입니다. 예스러우면서도 조금 서툰 듯한 표현주의적 경향의 그의 인체들은 육감적인 아름다움만이 아니라 성적 욕망이 깔린 본능과 실존에의 고뇌까지 담고 있습니다. 시선을 약간 아래로 둔 여인의 얼굴은 정적이고 사색적이지요. 그의 인체조각은 사랑하고 미워하며, 고통과 갈등 속에 겪게 되는 인간의 번민과 감정이 풍부하게 담겨 있습니다. 이렇게 작은 흙덩어리 속에 표현된 인체에 대한 뛰어난 직관력이 우리들에게 시간이 지나도 변치 않는 독특한 감동을 선사하고 있지요.

생전에 가난과 결혼의 실패, 독신으로서의 고독, 누적된 신병, 화단의 냉대로 인해 소외되었고 급기야는 자결할 수밖에 없었던 권진규. 그의 사후 작품 가격이 엄청나게 뛰고 2007년에는 경기도 여주에 '권진규 조각관'이 문을 연다고 하네요. 인생은 짧고 예술은 길다는 말을 다시 한 번 실감하는 순간입니다.

꽃, 페미니즘을 말하다

조지아 오키프의 〈빨간 칸나〉

...

언젠가 문화회관에서 본 연극이 기억납니다.

남녀가 성교할 때 내는 여자의 교성만을 모은 일인극이었지요. 무대며 형식은 아주 단순했습니다. 극적 서사는 일체 없고 배우의 멘트와 간단한 동작, 그리고 목소리만으로 연기를 하더군요. 그중에서 제일 기억에 남는 장면은 여자가 막 오르가슴에 도달하는 순간의 연기였습니다. 그것은 막 꽃이 터지는 찰나였습니다. 짐승의 울부짖음 같은, 고통과 환희가 범벅된 절정의 교성이 어찌나 리얼하고 대담했던지 관중석에서 박수와 폭소가 함께 터져 나왔더랬지요.

그 비 오는 오후, 여자 배우의 질펀한 연기를 보고 오면서 여성의 성이란 무엇인가에 대해서 생각해보았지요.

조지아 오키프의 이 그림, 〈빨간 칸나〉(1924)를 보면 그 연극이 떠오릅니다.

불타오르는 빨간 색채, 현미경으로 들여다본 듯이 확대된 화면, 조화로운 선과 추상적 꽃의 형상들이 마치 절정에 도달한 대담하고도 당당한 여자 같습니다.

그녀의 꽃은 생물학적인 단순한 꽃이 아닙니다. 눈에 보이는 대로의 아름답기만 한 꽃과는 사뭇 다르지요. 여성의 성적 표출이 은유적으로 드러나 있기 때문입니다.

〈빨간 칸나〉를 비롯한 꽃 그림들은 여성의 성을 수치스럽게 느끼지 않고 솔직하게 표현합니다. 그녀의 그림들에 나타나는 부푼 언덕이나 깊은 계곡, 틈이 열린 공간 같은 것들도 성적 암시가 강하지요.

〈빨간 칸나〉는 강렬합니다.

V자형 구도 때문일까요. 화면 전체는 에너지로 충만해 있습니다. 〈빨간 칸나〉는 남성에게 보여지고 소유되는 존재로서의 꽃이 아니라 여성 자신의 주체적이고 자의식적인 꽃입니다. 울 밑에 선 봉선화가 아니라 뜨거운 햇빛을 받아 열정을 뿜어내고 선 칸나입니다.

오키프가 태어난 19세기가 어떤 시기인가요. 미술사는 응당 남성을 위한 것이었고 여성이 화가로 성공한다는 건 불가능한 일이었지요. 여성의 교육, 사회제도, 관습 따위가 그것을 철저히 가로막고 있었습니다. 그런 악조건에서도 그녀는 유럽 모더니즘의 조류에 휩쓸리지 않고 독자적 세계를 펼쳤지요. 초기에는 에로티시즘 해석에 시달려 정당한 평가를 받지 못했으나 그녀의 페미니즘적 경향은 곧 인정되었습니다.

여성의 생물학적이고 성적인 특성을, 신체 이미지를 통해 드러내면서 주체성을 탐구하는 그녀의 작업은 다분히 페미니즘적입니다. 그녀의 식물 모티브는 여성의 음부와 유사하지요. 이처럼 그녀는 신체적 경험과 관련된 여성의 본질을 진솔하고도 과감하게 자연에 투사했습니다. 그리하여 자신의 여성적 경험을 구체화하고 있습니다.

그러므로 〈빨간 칸나〉는 당당합니다.

여성의 성기 모습을 담고 있는 꽃은 화면의 중심핵을 이루고 있지요. 또 화면을 거의 덮을 만큼 커다랗게 확대되어 있어서 연약하지 않고 당당한 꽃으로 피어납니다. 이런 조감도적인 시점이 꽃을 확대해서 그리는 그녀의 주요한 양식상의 특징이지요. 그녀는 대상에서 받은 영감을 일상적인 맥락으로부터 해방시켜 새로운 회화적 의미를 부여하고 있습니다.

오키프의 꽃 그림은 독창적입니다.

아, 이런 게 바로 스타일이라는 거구나 싶지요. 그녀에게서 꽃은 자연과 생에 대한 경이로움의 표현이고 그것을 화면에 고스란히 옮겨놓은 것입니다.

〈빨간 칸나〉를 보면 사랑에 빠진 화가의 주체할 수 없는 뜨거운 감정이 점점 상승하여 드디어 절정에 도달할 것만 같습니다. 이만큼 아름답고 격렬한 상징성을 담은 꽃 그림이 또 있을까요. 사랑에서든 생에서든, 누군들 이런 한순간을 꿈꾸지 않을 수 있겠습니까.

저 치통 같은 청춘

카임 수틴의 〈가로수길〉

...

국어시간에 「청춘예찬」을 배운 기억이 납니다. 왜 그렇게 공허하고 시큰둥하게 들리던지. 듣기만 해도 가슴이 설레는 말이라느니. 물방아 같은 심장의 고동소리니 청춘의 끓는 피니 하던 그 열정적이고도 호들갑스런 표현들. 그것들은 내게 아무런 감흥을 주지 못했습니다. 청춘은 도무지 예찬할 만한 것이 아니었습니다. 나의 청춘이 담보하고 있는 것은 가족들의 생계와 불안한 미래와 열등의식과 허무와 하루에도 열두 번씩 달려드는 자살유혹, 뭐 그런 것들이었으니까요. 더도 덜도 말고 「날개」를 쓴 이상만큼만 살다 가는 것. 그것만이 내 젊은 날의 유일한 목표였습니다.

수틴의 〈가로수길〉을 보노라면 치통처럼 욱신거리던 청춘의 한 시절을 들여다보는 것 같습니다. 마치 폭풍우가 휘몰아치는 듯한 청춘의 소용돌이가 내 안에서 고스란히 느껴지거든요.

처음 수틴의 그림을 본 것은 1982년 여름이었지요. 방학 동안 입주과외를 해서 번 돈으로 삼성출판사에서 나온 6권짜리『세계의 명화』를 샀습니다. 거기 수틴의 그림이 있었습니다. 밝은 빨강색 제복을 입은 소년이 인상적인 그림이었지요. 그리고 16년이 지난 후에야 또 다른 그의 그림〈가로수길〉을 만났습니다. 석사논문을 쓰느라 부산대학교 도서관에 자료를 구하러 올라가곤 하던 때였어요. 논문자료를 찾다가 서가에 꽂힌 낡은 화집들에 자주 마음을 빼앗겼지요. 반짝이며 흐르는 강물을 보는 것과 화집을 뒤적이는 것만큼 시간 가는 줄 모르는 일이 또 있을까요? 그때, 일본 화집에서 수틴을 발견했는데 한순간 이 그림에 코를 박고 뗄 수가 없었습니다. 사람을 깊숙이 빨아들이는 풍경. 이전에 내가 본 풍경들과 다른 독특한 분위기였지요. 폭풍우가 휘몰아치는 듯한 소용돌이 가운데에 있는 광기의 나무들. 별다른 서사적인 장치가 없는데도 불구하고 그럴 수 없이 드라마틱한 그림. 한순간 강력하고도 격정적인 내면의 정서가 화면 전체를 감싸고 도는 것을 느끼며 아찔한 어질머리를 앓았습니다.

화집의 그림은, 색채를 원화에 보다 가깝게 살리려고 지질이 좋은 별지에 인쇄해서 붙여놓았더군요. 별지 윗면만 풀칠을 해서 붙여놓아서인지 다른 그림들 몇 장은 누군가 떼어가고 없더군요. 그나마〈가로수길〉은 별지가 붙어 있어서 천만 다행이었지요.

붓 자국이 드러나거나 붓을 쓰지 않은 강한 착색으로 나타낸 심하게 구부러진 나무들의, 광란하는 초록색이 마치 청춘의 광기 같네요. 가로수 그림의 실제 배경이 되었던 이 곳은 파리 남서쪽 약 85km에 있는 코시크의 대사원 근방인 오세르 지역입니다. 제2차 세계대전이 발발하자 유태인인 그는 게슈타포의 체포를 피하기 위해 오랜 도피생활을 했는데 이때 잠시 이곳에 머물렀다고 해요. 그러면서 불안한 생활을 했다네요. 비 오는 숲에서 종종 잠이 들기도 하고요.

그는 이 시기의 경험을 몇 점의 풍경으로 그렸습니다. 〈오세르의 바람〉 등이 〈가로수길〉과 같은 1939년 작인 것만 보아도 알 수 있지요. 하지만 그는 이곳의 실제 풍경을 그대로 그린 건 아니랍니다. 가로수를 극단적으로 왜곡시켜서 주관적이며 내면화하는 수법을 써서 독특한 형태로 그렸습니다.

이 그림 〈가로수길〉은 조국을 잃은 유태인인 자신의 불안감과 1920~30년대 유럽의 정신을 반영하는 격렬한 표현주의적 화풍이기도 하지요. 그림 속 나무의 아래쪽에 일부분만 나타난 선명한 붉은 색깔은 이러한 효과를 한층 강조하고 있지요. 거친 붓자국으로 그린 전방의 작은 점경 인물은 현대인의 불안을 생생히 전하는 것 같네요.

카임 수틴은 지나치게 격정적인 기질에다 비사교적이었어요. 늘 고독하고 우울했으며 젊은 날에는 자살 시도를 한 적도 있었고요. 그의 고통스런 청춘은 마술사의 손끝에 닿은

비둘기처럼 순식간에 사라졌지만 이 그림, 〈가로수길〉을 보면 그가 젊은 시절에 겪은 고통의 기억들에서부터 결코 벗어나지 못했다는 생각이 드네요.

지독한 가난과 무국적자로서의 고독감, 소외와 무질서한 생활로부터 오는 내면의 고통들이 그로 하여금 이토록 격렬하고 아름다운 그림을 탄생시킨 게 아닐까요.

19세기 술집 풍경

에드가 드가의 〈압생트〉

...

　제 책장에는 그 숱한 이사 경력에도 불구하고 아직 저와 동거를 끝내지 않은 책들이 몇 권 남아 있습니다. 그중에서 1973년 판 을유문화사에서 나온 세로쓰기로 된 세계문학전집은 들추어보지 않은 지 오랜데도 못 버리고 있지요. 고3 때에 육성회비 낼 돈으로 대책없이 산 책인데 지금 생각하면 얼마나 무모했는지 모르겠습니다. 그걸 집에 가져오지도 못하고 한동안 친구네 다락에 숨겨두었다가 한 권씩 들고 오던 기억이라니요. 뜻밖에 독서신문 구독신청을 받는 아르바이트가 들어와서 식구들 몰래 불을 끌 수 있었답니다. 쉬는 시간에 멋쩍어하며 후배들 교실을 돌던 기억이 지금도 생생합니다.

　전권의 표지화가 세계의 명화여서 그림을 보는 재미도 쏠쏠했었지요. 그중 73권인 에밀 졸라의 『목로주점』을 생각하면 지금도 아련해집니다. 『목로주점』의 여주인공 제르베즈는

드가의 그림에도 자주 등장하는 세탁부지요. 무위도식하는 남편에게서 버림을 받고 함석장이 쿠포의 손에 억지로 이끌려 콜롱브 영감의 목로주점에 앉아 청혼을 받던 장면 묘사가 기억납니다. 드가의 〈압생트〉(1876)처럼 그들도 어느 날 낮에 목로주점에 가지요. 술 취한 노동자들과 싸구려 술 냄새가 풍기는 곳인데 대낮이라 텅 비어 있었습니다. 나중에 알코올 중독과 가난으로 죽게 되는 쿠포는 여자에게 자신은 압생트 같은 싸구려 술은 전혀 못한다고 말하면서 청혼을 하지요. 여자도 단지 세 끼 밥과 잠자리와 몇 개의 가구와 매 맞지 않는 삶이라면 족하다고 답하던가요. 어쨌든 남자라면 '엉글징 난다'면서도 재혼을 받아들이죠.

드가가 〈압생트〉를 그리고 에밀 졸라가 『목로주점』을 쓴 19세기 말 프랑스 사회가 어떤 시대였나요. 알코올 도수가 높은 압생트 소비가 계속 늘어나 알코올 중독 문제가 심각한 사회문제로 부각되었던 시기입니다. 드가는 〈압생트〉에서 이런 절망적인 사회 분위기를 잘 보여주고 있습니다.

대낮부터 두 남녀가 텅 빈 카페에 앉아 있습니다.

여자는 하층계급의 부인이고 남자는 털을 텁수룩하게 기른 술주정뱅이쯤으로 보이지요. 대낮부터 술집에 앉은 폼이 그렇습니다. 두 사람은 서로 이 카페에 자주 드나드는 사이여서 서로 안면이 있겠지만 그리 친밀해 보이지는 않습니다. 아니면 또 서로 부부 사이인지도 모르지요. 어쨌든 어깨가

빈약하고 초라한 여자가 술을 받아놓고 무료한 듯 고독한 듯 앉아 있습니다.

남자도 술잔을 앞에 놓고 담뱃대를 물고서 시선을 다른 곳에 주고 나란히 앉았지요. 서로 아무런 소통도 못하면서 말입니다. 여자가 마시는 술이 바로 압생트입니다. 반 고흐가 즐겨 마셨다는 이 값싼 술은 중독성이 매우 강해 몸에 해로운 술입니다. 그러나 두 사람은 술의 힘을 빌려 대낮부터 현실도피를 하려는 모양입니다.

이 그림은 전체적으로 녹색조입니다. 저를 단번에 매혹시킨 색채이지요. 아마도 압생트의 녹색을 강조하기 위해서였겠지만 화면 전체가 알코올 냄새로 충만해 있습니다.

『목로주점』을 읽던 당시에 저도 할머니가 집에서 담근 밀주찌꺼기에 설탕을 타서 먹은 적이 있습니다. 술에 취해 잠이 들었다가 깨어나면서 제 눈앞에 푸르스름하게 보이던 물기 어린 세상. 바로 이 그림의 녹색쯤이었을 겝니다. 19세기 말의 우울과 고독을 이만큼 잘 드러내주는 색채가 또 있을까요. 이 그림의 그런 내면은 제게 매혹이나 다름없습니다.

그런데 가만히 보면 인물들을 왼쪽 상단으로 몰아서 처리하는 바람에 텁석부리 남자는 잘려 있지요. 그 때문에 전경에 있는 빈 테이블과 빈 병은 더욱 크게 눈에 들어옵니다. 인물의 뒤쪽에 보이는 거울과 가장자리 선 등이 약간 사선으로 기울어 있는데도 인물이 차지하는 중심 감각 때문에 적절한

균형을 이루고 있습니다.

이렇게 인물을 주변으로 몰아내고 빈 공간을 강조함으로써 도시화 산업화 시대의 모순과 절망감을 애달프게 전하고 있는 겁니다. 드가가 자연에 맞춰서 그린 그림을 싫어한 이유를 알 수 있을 것 같습니다.

그의 그림에는 인위적인 기교가 배어 있습니다. 그 인위적인 것이 그의 삶과 작품을 더 고독하게 만든 건지도 모르지요. 그는 평생 독신으로 지냈으니까요.

현실을 조금도 미화하지 않고 철저히 드러내려는 드가의 냉정한 관찰이 엿보이는 이 작품의 모델은 드가의 친구인 조각가 마르슬랭 데부탱과 마네의 모델로도 등장한, 당시 미모의 여배우인 엘렌 앙드레라고 전해집니다.

몸

에드워드 호퍼의 〈도시의 여름〉

...

〈도시의 여름〉(1949)을 보고 처음엔 클클 웃음이 나오다가 이내 몹시 우울해졌던 기억이 납니다. 일과를 끝내고 마침내 집으로 돌아온 남편이 더위와 피곤에 지친 알몸으로 침대에 엎어져 있네요. 침대 곁에 걸터앉은 아내는 온몸으로 터져 나오는 욕정을 어쩌지 못해 잔뜩 부어 있고요. 남편은 어제도 그저께도 지친 몸을 이끌고 들어와서는 가슴을 파고드는 아내를 밀쳐냈을 것입니다. 건강한 젊은 아내의 팽창하는 욕망만큼이나 여름 햇살이 비쳐드는 실내에는 침묵의 심연이 점점 깊어가고 있습니다.

마치 연극 무대나 영화의 한 장면을 그대로 갖다 놓은 것 같은 이 그림, 〈도시의 여름〉을 보면서 내가 실소했던 것은 바로 내 서른서너 살 즈음의 일상이 문득 떠올라서였습니다. 나는 당시 한 번도 내 손으로 만져본 적 없는 황당한 빚을 갚느라 밤낮으로 일을 해야 했지요.

일이 끝나면 몸이 물먹은 솜처럼 지쳐서 꼼짝 못 하는 날들이 이어졌습니다. 몸무게는 43kg으로 내려가고 불면증에 위염까지 겹쳤는데도 알 수 없는 것은 생리일 전후로 어김없이 찾아드는 '몸'의 욕구였습니다.

일과 후에 술에 절어 돌아오는 남편은 친구나 동료들을 달고 나타나기 일쑤였고 홀로 돌아오는 시간도 늦긴 매한가지여서 그림 속의 젊은 아내처럼 나 또한 성적 욕구불만으로 어지간히 쩔쩔맸더랬지요.

〈도시의 여름〉을 보면서 대책 없는 욕망으로 퉁퉁 부은 여자의 모습에 실소하다가 이내 우울해졌던 건 그림 속의 지독한 적막감과 공허 때문이었습니다.

호퍼의 그림에 나오는 풍경화들 속에는 대체로 인물이 없지요. 텅 빈 거리들은 한결같이 극복할 수 없는 공허감을 보여주며 둘 이상의 인물이 등장하는 경우라고 하더라도 그들은 저마다 자신만의 세상에 빠져 있어서 다른 사람과 전혀 소통할 수 없는 벽에 둘러싸여 있습니다. 〈도시의 여름〉에 나오는 젊은 부부도 대화가 단절되어 있기는 마찬가집니다. 젊은 아내가 바란 건 단순히 몸의 욕구보다는 남편과의 내면적 소통이었을 것입니다. 그것이 제대로 이루어지지 않는 단절감을 어쩌면 이토록 절실하게 시각화할 수 있었을까요. 이 질식할 것 같은 시각적 침묵은 〈도시의 여름〉에서도 화면의 전체를 압도하지요. 그것은 바로 호퍼의 그림이 우리들 가슴을 때리는 깊은 공명이기도 합니다.

그러면 이 시각적 침묵을 감지하게 만드는 이상한 힘은 어디에서 오는 것일까요. 그것은 창을 통해 쏟아져 들어오는 빛에 기인하는 게 아닐까요.

호퍼의 그림들에서 유일하게 구원을 갈구하는 듯한 상징적인 요소로 반복적으로 등장하는 소재가 바로 이 '창'입니다. 창은 희망이고 구원이지요. 레스토랑의 예약석은 언제나 전망 좋은 창가가 아니던가요. 사람들은 어딜 가든 산소가 부족한 금붕어가 수면 위로 주둥이를 뻐끔대듯이 창가에 솔복이 모여 앉습니다. 창가 자리를 뺏긴 사람들이 어쩐지 손해 보는 듯한 표정을 감추지 못하면서 슬금슬금 다른 자리를 찾아가는 모습을 떠올려보세요.

호퍼의 그림에서도 창 내부나 혹은 창밖으로 흘러나오는 빛은 붙잡을 수 없는 신기루와 같은 희망으로 비쳐집니다. 빛에 대한 그의 관심은 파리의 인상주의에서 비롯되었지만 그의 작품에 나타난 빛은 인상주의의 따뜻하거나 부드러운 빛이 아닙니다. 그것은 무자비하고 거칠게 노출됩니다.

침대 외에는 가구라곤 아무것도 없는 방 안에 커튼도 없이 곧장 비쳐 드는 여름 햇빛이 실내의 침묵을 더욱 명백하고 뚜렷하게 극화시킵니다. 그로 인해 호퍼의 일관된 주제로 나타나는 침묵과 정적과 공허가 이토록 선명해지는 것입니다.

그림 속의 여자 모델은 호퍼의 아내 조이고 남자 모델은 호퍼 자신입니다. 수다쟁이인 조와 염세적인 호퍼가 보낸 43년 간의 결혼생활도 어지간히 불협화음이 많았다고 합니다. 소유욕이 강한 조는 걸핏하면 남편의 그림 모델이 되기를 자청했는데 호퍼는 그런 아내를 화면에 다소 냉소적으로 등장시키는 걸로 보복하곤 했다지요.

〈도시의 여름〉에서도 성적 욕구불만에 가득 찬 여자를 조로 표현했습니다. 제 경우도 단편「서른네 살의 다비장」에서 1인칭 화자의 남편을 조루증인 인물로 등장시켜 슬쩍 당시의 욕구불만을 드러냈던 걸 생각하면 지금도 쿡 웃음이 납니다.

지금 그 사람 이름은 잊었지만

마리 로랑생의 〈누워 있는 나부〉

...

"손이 왜 있는지 아니?"

그 아이가 물었습니다. 질문이 날카로운 아이라 섣불리 대답하면 깨질 터였습니다. 기똥찬 답이 떠오르지 않았습니다. 한참 만에 그 아이가 얼굴을 붉히며 내 손을 잡았습니다. 더운 손이었지요.

"손은 사랑하는 사람들이 마주 잡기 위해서 있는 거야."

우리는 거의 매일 만났는데 만난 지 6개월쯤 된 그날 처음으로 어색하게 손을 맞잡았습니다. 그 아이는 질투가 심했습니다.

"내 신은 질투하는 신이야."

어느 날, 카키색 남방셔츠의 맨 윗단추를 풀고 나갔습니다. 그 아이의 눈이 흔들렸지요. 버스 안에서 그 아이가 재빨리 내 단추를 여며주었습니다.

"다른 사람에겐 네 하얀 목덜미를 보여주지 마."

질투 때문에 싸우다 우리는 헤어졌습니다.

한때, 제 십팔번 노래는 〈세월이 가면〉이었습니다.

아폴리네르의 묵은 시구가 생각나는 노래입니다.

'미라보 다리 아래 세느 강은 흐르고/우리네 사랑도 흘러 내린다./내 마음 속에 깊이 아로새기리/기쁨은 언제나 괴로 움에 이어옴을./밤이여 오라 종아 울려라/세월은 가고 나는 머문다.(…)'

아폴리네르가 애인 로랑생과 헤어진 후에 쓴 시입니다.

이 그림 〈옆으로 누운 나부〉(1940)를 보면 왠지 내 십팔번 노래와 「미라보 다리」가 생각납니다.

두 사람은 1905년에 피카소를 비롯한 전위적 화가와 시인 들이 가난한 공동생활을 하던 바토 라부아르에서 만나지요. 둘 다 사생아였습니다. 그들은 곧장 사랑에 빠집니다. 그 시 기 두 사람 모두 예술적 재능이 만개한 시기였습니다. 영광 과 명성의 절정기였지요. 개성이 강한 두 사람은 5년의 연애 끝에 투닥거리다 이별을 맞습니다. 로랑생이 돌연 독일인과 결혼을 해버린 것이지요. 그리고 불과 한 달 뒤에 제1차 세계 대전이 터집니다. 독일인으로 국적이 바뀐 로랑생은 유랑자 가 되고 '미라보 다리'를 뒤로한 아폴리네르는 전쟁 중에 세 상을 떠나게 됩니다.

그녀가 마침내 귀국을 허락받게 된 것은 1920년, 그녀의 나이 37세 되던 해였지요. 그 이듬해 독일인 남편과도 이혼

합니다. 그녀는 이후 73세에 세상을 떠날 때까지 또 다른 사랑과 이별을 겪으면서도 변함없이 그림에 대한 열정을 놓지 않았답니다.

〈옆으로 누운 나부〉는 로랑생 만년의 작품입니다. 그녀는 아름답고 사랑스러운 소녀상을 줄기차게 그렸지만 누드화는 몇 점뿐입니다. 기실 그녀의 누드화도 옷을 입은 그림들과 큰 차이가 없습니다.

이 그림 〈옆으로 누운 나부〉도 누드 자체를 두드러지게 그린 것은 아니지요. 나신을 감싸고 있는 천과 배경색인 핑크, 블루, 적색, 그린 등의 색채가 어우러진 심플한 구성입니다. 고심한 흔적을 감추고 솜뭉치처럼 가볍고 쉽게 그려진 듯 보이게 하는 파스텔풍 색채가 자연스럽네요. 유채의 두터운 질감 위에 흰색을 올려서 마치 지우개로 지운 것 같은 느낌. 이 부분은 더 지우고 저 부분은 남기는 식인데 그런 자유로움이 오히려 색채를 무언가 몽환적이고 아련한 분위기로 이끕니다.

이제 더 이상 소녀가 아닌 여자의 크고 까만 눈과 파스텔 톤의 보라색감 때문일까요. 〈옆으로 누운 나부〉를 보면 희미한 옛사랑의 그림자가 떠오르네요.

'나는 너의 아폴리네르/이 미라보다리 아래/마르지 않는 그 강물은 흐르는데'라고 노래한 아폴리네르의 시.

'지금 그 사람 이름은 잊었지만/그 눈동자 입술은 내 가슴에 있네'로 시작되는 내 십팔번 노래를 흥얼거려 봅니다.

'사랑은 가도 옛날은 남는 것/여름날의 호숫가, 가을의 공원……'.

봄이 오는 길목에서

김춘자의 〈휘파람〉

...

꽃소식이 날아들고, 정확히는 봄비가 오락가락하던 두어 주 전부터였습니다. 아, 봄이 오는구나, 속수무책 기어이 봄이 오고 말았구나 하고 창문을 열어본 것이. 나는 쫓기는 짐승처럼 긴장해서 어깨를 움츠리고 쩔쩔맸습니다. 내심 기다린 봄인데 정작 봄이 오자 희망과 절망이 엉키는 이 변덕은 또 뭔가요. 가슴속에 찰랑찰랑하게 물기가 고여들고 있었습니다. 그것들을 가라앉히려고 한동안 잊었던 봄비 주제의 유행가를 흥얼거려 보았습니다.

'봄비를 맞으면서 충무로 걸어갈 때/쇼윈도우 그라스에 빗물이 흘렀다~', '이슬비 내리는 길을 걸으며/봄비에 젖어서 길을 걸으면/빗방울 떨어져 눈물이 되었나~', '그댄 봄비를 무척 좋아하나요/나는 요 비가 오면 추억 속에 잠겨요~'.

이렇게 축축한 유행가로 울렁거리는 속을 다스리겠다는 발상이 애초부터 무리였나 봅니다. 어느새 물기가 목울대까지 차오르고 마는 걸 보면.

사람을 봄 타는 사람과 가을 타는 사람으로 나누어본다면 나는 전자입니다. 봄에 나서 그럴 거라고 짐작해봅니다. 하물며 이름에 봄 춘(春)자가 들어가는 그네는 오죽할까요. 김춘자(金春子)라는 이름을 가만히 불러보면 입안에 봄 풀물이 가득 고여드는 것 같습니다. 자신이 직접 체험한 자연을 줄곧 그려온 그네가 봄날 숲속으로 걸어 들어가는 모습을 상상하는 것은 어려운 일이 아닙니다. 그네는 사람 없는 숲 그늘에서 슬피 번진 풀과 노랑제비꽃, 꽃다지, 금낭화들과 뻐꾸기, 청호반새, 휘파람새와 제비나비, 붉은점나비, 불개미, 말벌, 호리꽃등에, 비단꽃뱀 등등의 온갖 동식물들을 만났을 겁니다. '갈 봄 여름 없이' 씨앗으로 싹트고 꽃으로 절정을 맞고 죽음으로 소멸하는 숲속의 낮과 밤. 그 내밀한 시간 속에 있는 생명체들. 그것들을 화폭에 옮기는 그네의 작업을 생각하면 마음이 설렙니다. 그네가 화폭에 옮긴 저 초현실적인 숲을 좀 보세요. 그림 속의 꽃은 식물도감에선 볼 수 없는 익명이고 곤충이나 동물도 변형입니다. 그것들이 화가의 상상력을 거쳐 너무나 매력적이고 몽환적인 숲속의 교향악으로 탄생합니다.

그녀는 '생명이 고유하고 자신만만하며 노골적이고 거침

없으며 무엇이든 가능하고 화려하고 무한하여 시작과 끝이 없다'고 말합니다. 그녀의 그림이 도시 문명에 찌들어 원초적 생명력을 잃어버린 우리에게 생명의 힘과 정열을 불러일으키는 이유입니다.

이 그림 〈휘파람〉(1994)은 봄날의 애잔한 우수가 느껴집니다. 겨울을 이겨내고 마침내 생명을 키운 풀과 꽃들의 잔치가 무르익는 봄 들판에서 젊은 날을 추억하는 그림입니다.

그림 속의 여자, 감성적이고 섬세한 손끝으로 땅의 숨소리를 듣습니다. 사람은 흙에서 나서 흙으로 돌아가지요. 그러므로 모든 생명의 근원은 흙입니다. 그것은 식물이나 인간에게 공평하게 적용되지요. 흙에서 난 여자의 머리칼에서도 풀이 쑥쑥 자라고 꽃이 막무가내로 피어나네요. 이런 상상력이 억지스럽지 않고 편안하네요. 새로운 시작을 알리는 봄이 화관처럼 꽃으로 피어나는데, 눈을 깊숙이 감은 여자의 얼굴은 어떤 슬픔을 감추고 있는지 알 수 없는 자의식으로 가득하네요. 봄이, 또 꽃이 아름다운 건 짧기 때문이지요. 이토록 위태롭고 날카로운 봄의 허무와 불안 앞에서 그녀도 나처럼 속수무책으로 무력한 것일까요. 고개를 옆으로 꺾은 그 여자, 봄이 키워낸 한 마리 순한 휘파람새가 됩니다. 토끼풀 꽃이 하얗게 핀 봄의 정적 속에서 고즈넉한 얼굴 가득 외로움과 아련한 그리움을 안고 허공에다 휘파람을 붑니다. 휘파람은 눈부신 봄 햇살과 함께 꽃들을 싣고 그리운 누군가에게로 자꾸만 실려 갑니다.

'제가 보고 싶을 땐 두 눈을 꼭 감고/나지막이 소리 내어 휘파람을 부세요/외롭다고 느끼실 땐 두 눈을 꼭 감고/나지막이 소리 내어 휘파람을 부세요~'.

이장희의 오래된 노래를 따라 불러봅니다. 그리운 얼굴이 눈앞에 떠올라 두 눈을 꼭 감습니다.

5부

책 읽는
오후

병 속의 새를 어떻게 꺼낼까
김성동의 『만다라』

...

새해 첫날, 여고 동창인 Y의 토굴에 다녀왔다. 세간의 잡사에 네 발을 푹 담근 채 살아가는 나와 달리 Y는 불사(佛事) 따위에 곁눈도 주지 않는 참한 수행승이 되었다.

한때 우리는 연비자국을 나란히 가진 '고불'(고등학교불교학생회) 동기요 문청이었다. 고1 때, '초발심자경문'이며 '반야심경' 강의 등을 들으면서 우리는 진작부터 출가를 동경하고 있었는데 선배들 가운데는 이미 출가승이 여럿이었다. Y는 여고를 졸업한 그해에 돌연 출가했다. Y의 이모인지 고모가 내게 전화를 해서 조카의 행방을 물었다. 남자친구는 없었는지 혹시 어디 갈 만한 데라도 알고 있는지. 졸업 후에도 Y와는 자주 만났지만 말이 별로 없는 친구여서 속사정을 알 수가 없었다. 사라진 지 3년 만에 Y가 먹물옷을 입고 나를 찾아왔을 때에야 비로소 Y의 출가를 확인했을 정도로. 예전보다 바싹 마르고 입술은 부르트고 연등을 만드느라 손끝에 붉은 물감이 들어 있었지만 눈빛만은 깊고 빛났다. Y를 만난 뒤 어찌된 일인지 마음이 불편했다. 나는 소설 공부를 하겠다고 입시준비를 하고는 있었지만 자신이 없었다. Y는 고불 때 우리의 바람대로 곧장 대자유인의 길로 걸어 들어간 셈이었다. 나는 Y의 용기에 대해 부러움과 시샘과 열등감으로 여러 날을 뒤척였다.

김성동의 장편소설 『만다라』를 읽은 것은 바로 그즈음이었다.

"여기 입구는 좁지만 안으로 들어갈수록 깊고 넓어지는 병이 있네. 조그만 새 한 마리를 집어넣고 키웠지. 이제 그만 새를 꺼내야겠는데 그동안 커서 나오질 않는구먼……. 병을 깨뜨리지 않고는 도저히 꺼낼 재간이 없어. 그러나 병을 깨선 안 돼. 새를 다치게 해서두 물론 안 되구. 자, 어떻게 하면 새를 꺼낼 수 있을까?"

화자인 '나(법운)'는 죽음에 대한 근원적 질문을 안고 노사에게서 받은 '병 속의 새' 화두를 들고 출가수행한다. 하지만 화두는 풀릴 기미가 보이지 않는다. 쉽게 풀린다면 그게 어디 화두일까. 법운의 구도와 방황은 파계승 지산의 기행과 모순된 구도적 순수성을 만나면서 점점 더 깊어진다. 지산은 허무와 절망과 고독을 이기지 못하고 결국 자살한다. 법운이 지산의 다비장을 치르고 창녀와 배를 맞대고 2층을 짓고 난 다음 날 새벽, 산으로 가는 차표를 찢어버리고 저잣거리로 힘껏 달려가 환속하는 마지막 장면은 뒷통수를 한 대 얻어맞은 듯 충격적이었다.

죄와 죽음에서 해방되는 것이 기독교적 구원이라면 견성성불(見性成佛)하는 것은 불교적 구원이다. 사람으로 태어나기 어렵고 불법 만나기는 더더욱 어렵다고 한다. 사람으로 태어나고 불법까지 만나 내가 누구인지 어디서 와서 어디로 가는지 생사해탈하는 공부에 치열하게 매달려보는 것은 고불 때 우리의 꿈이요 이상이었다. 하지만 『만다라』를 읽고 나는 Y가 찾아왔을 때 느꼈던 열등감에서 조금은 벗어날 수 있었다. 『만다라』에 등장하는 지산과 법운, 수관 등이 모두 자신의 업에 따라 수행하는 것처럼 Y와 나도 서로 업이 다르다는 것을 깨달았으니까. "아편 같은 다라니를 믿고 성불하겠다고 덤벼들어 신세 조진 젊은 놈들이 이 땅에 부지기수"라는 지산의 자조적 발언은 그만큼 성불이 어렵다는 반증이다. 허무와 고독과 절망을 이기지 못해 끝내 자살하고 마는 지산에게서 내 안에 깔린 허무의식을 발견하는 건 두려운 일이었다.

Y와 나는 한때 함께 사는 꿈을 꾸었었다. 내가 산으로 올라가든지 아니면 Y가 세간으로 내려오든지. 하지만 그 어느 것도 불가능해진 지 오래다. Y는 수행승으로, 나는 부족한 대로 글쟁이로서 살아가야 한다. Y의 구원이 불교라면 나의 구원은 문학인 것을.

죽음은 자신의 삶만큼 맞게 된다
성석제의 『내 인생의 4.3초』

...

  나의 지인 중에는 간이식 수술을 한 사람이 둘 있다. 그들은 둘 다 죽음 직전에 아내들의 지극한 사랑으로 되살아났다.

  ㄱ은 중국까지 가서 비싼 이식 수술을 했다. 돈을 많이 번 사업가 아내 덕분이었다. 하지만 배은망덕하게도 ㄱ은 회복되자마자 아내를 배신했다. 주말마다 어린 여자를 잔뜩 치장시켜서 해외여행을 가고 골프를 치느라 가정을 등진 지 오래다.

  ㄴ은 가난해서 중국까지 갈 수 없었다. 주변 사람들이 ㄴ의 아내에게 마음의 준비를 하라고 했으나 그녀는 서둘러 가족들에게 조직적합검사를 받게 했다. 중학생인 딸아이가 합격판정을 받았고 간이식에 성공했다. 며칠 뒤 미성년자 장기이식금지법이 시행됐다. 구사일생이었다.

  자신이 곧 죽게 될 거라고 생각했을 때 ㄱ은 돈이나 실컷

쓰고 죽었으면 했단다. (ㄴ의 경우는 들은 바가 없다.) 그러고는
마치 농담처럼 죽음을 걸고 했던 맹세를 실천하고 다닌다.

성석제의 소설 『내 인생의 마지막 4.5초』를 읽으면 죽음
과 삶이 마치 농담 같다. 죽음 앞에 선 자의 어떤 깨달음이나
암시도 없다. 술 먹고 우는 여자에게 이유 없이 감동하는 순
진한 남자만큼의 진지함도 없다. 죽음에 대한 환상도 죽음에
대한 어떤 습기 같은 것도 없다.

한 칼잡이 두목이 차를 몰고 가다가 다리 난간을 들이받
고 추락한다. 그가 추락해서 물에 빠져 죽는 시간은 딱 4.5
초이다. 인생의 마지막 4.5초 동안에 그는 몇 개의 일념(一
念)을 떠올린다. 피비린내 나는 스산한 삶을 산 조폭의 일생
이었다.

그는 한 달 전에 준공된 다리에서 최초로 떨어지는 자동차
에 탄 사람이 되었다. 왜 하필 그가 그 순간에 그 다리를 지
나가게 되었을까.

세상이 다 아는 술주정뱅이 아버지 밑에서 자란 그에게 깡
패 마사오는 전설적인 우상이었다. 그는 마사오를 따라 칼
잡이 두목이 되었다. 그러나 보스가 된 그에게 마사오는 건
너뛰어야 하는 절벽이었다. 그는 마사오를 유인해서 오른팔
을 도끼로 찍었다. 그가 '비겁하게' 마사오를 해치웠다는 소
문이 돌았다. 그는 마사오를 해치웠다는 것보다 '비겁하게'

라는 말을 견딜 수 없었다. '비겁하게' 사느니 죽음을 택하는 게 사내다운 법이었다. 천 길 낭떠러지에서 소나무 가지에 대롱대롱 매달려 있을 때, 사내 대장부라면 마땅히 그 손을 놓아야 한다. 그는 그 말을 입에 달고 살았다. 자신의 결혼식 에서까지 그 한 손을 놓아버리는 각오로 지역 발전과 동지들 의 단합, 결속을 위해 이 한 몸을 바치겠다고 역설했던 그였 다. 그에게 사내답다는 건 목숨과 동의어였다.

'비겁하게'라는 소문을 퍼뜨린 배신자를 죽이러 갔다가 그 집 들판에서 바람에 빈 소매가 흔들리는 마사오를 발견했다. 마사오의 빈 소매가 그를 향했고 그는 그 속에 총이 있을지 도 모른다고 생각하고 도망치다가 굽은 길에서 과속을 했고, 한 달 전에 준공된 다리 위에서 미끄러졌다. 그는 사내답지 못하게 "엄마, 무서워" 하고 물에 빠져 죽었다.

누구나 자신의 삶만큼 죽음을 맞게 된다고 한다. 그가 일 생을 사내답게 살려고 했지만 4.5초의 마지막 순간에 "엄마 무서워" 했던 것처럼, ㄱ은 그의 마지막 4.5초에 어떤 농담을 하게 될까.

예술가 소설

김원우의 「죽어가는 시인」

...

    소설이 써지지 않는 나날이 지나가고 있다. 쓸쓸함이 들끓는 나날들이. 소설가에게 있어 소설은 주머니 속의 송곳 같은 것. 뭐든 쓰라고 왜 안 쓰느냐고 쿡쿡 찔러대는 바람에 맘 편할 날이 없다. 소설이 안 써지는 이유 따위를 설명한다는 건 좀 무참한 일이다. 그저 무덤 속이 따로 없는 것. 아이들이 곁을 떠나고 강의도 줄어서 이제야말로 묵혀둔 소설 한 번 마음껏 쓸 기회가 왔는데, 여전히 소설이 안 된다. 게다가 죽어도 미국 가서 죽겠다고 뒷바라지 해달라고 엄포를 놓는다 큰 딸의 전화라도 받고 나면 착잡하다. 어쨌든 소설 끄나풀이라도 잡으려고 노트북 앞에 앉아 안간힘을 쓰던 머릿속이 하얗게 질리고 만다. 어디에 간들 저 하기 나름인 것을. 이 땅에서라도 죽기로 각오하면 무얼 못해 하고 발끈하면서도 내 말은 당차게 나가지 못한다. 그간의 부족했던 에미 노릇에 먼저 생각이 미치면서 천성적인 소심증까지 일어난다. 그러자면 소설이 내 인생에서 제일 큰 사치가 아닌가 하는 생각이 든다.

김원우의 소설 「죽어가는 시인」은 5년 동안 시 한 편을 제대로 못 쓰고 있는 시인의 이야기이다. 시인의 아내는 안락한 일상과 물질의 풍요에 대한 환상이 머릿속에 가득한 여교사이다. 돈이나 집 문제만 나오면 아내 앞에서 왜소해지는 시인은 아내 덕분에 그나마 15평 아파트 칸이나 얻어 산다. 그러면서도 세속적 가치에서 벗어나 긴장된 의식으로 살아야 하는 시인이 이런 속물 같은 아내의 의식과 살을 섞으니 시가 나올 리 만무하다고 자탄한다. 시를 못 쓰는 시인의 외로움이야 새삼 말해 무엇 하랴. 두툼한 공책과 볼펜을 머리맡에 놔두기만 하고 시 한 줄 쓰지 못하는 시인의 나날은 죽어가는 나날일밖에.

시인은 친구에게서 소개받은 프랑스에서 온 화가 허 형의 화실을 찾아간다. 연탄재가 계단마다 연탄의 사체처럼 쌓인 4층 화실은 밀폐된 공간이지만 허 형은 잠시도 쉬지 않고 오직 그림에만 몰두한다. 그는 허 형에게서 이 시대의 진정한 예술가상을 본다. 자신은 허 형에 비하면 생활과는 타협하고 시작과는 타협하지 않는 죽은 사람이나 마찬가지라는 자각을 한다. 허 형은 프랑스에서 배고플 때 그린 그림이 좋았다고 기억하며, 이곳에 와서 화실 임대료 때문에 애들 데생이나 가르치며 지내보니 배는 부르지만 그림이 안 된다고 말한다. 허 형은 더 좋은 그림을 그리기 위해 프랑스로 돌아간다. 시인은 긴장된 의식으로 충일하지 못한 자신을 자조하면서도 결국은 시작은 밀어두고 집을 넓힐 구상에 안달을 하는 아내와 집구경 나들이나 부지런히 다녀볼 생각을 한다.

이 소설은 시를 쓰지 못하는 '죽어가는 시인'을 통해서 진정하게 '살아가는 시인'이 어떠해야 하는가를 역설적으로 보여준다.

작가들의 소원은 전업이다. 통장잔고 따위 걱정하지 않고 오로지 쓰는 일에만 전념하는 것. 글을 제대로 쓰지 못하는 작가의 일상은 이미 죽은 것이나 다름없지 않은가.

주머니 속의 송곳이 허벅지를 쿡쿡 찔러댄다. 그런데도 여전히 소설이 쓰일 기미가 없는 나 또한 영락없이 '죽어가는 소설가'가 아닌가.

에미는 선각자였느니라

나혜석의 「경희」

...

나혜석의 『에미는 선각자였느니라』를 읽었던 게 여고 2학년 때였다. 하드커버의 두툼한 책의 두께만큼이나 그때의 독서경험이 준 충격은 컸다.

그네는 김우영과의 이혼 이후 친권이 박탈되어 4남매를 빼앗기고 빈손으로 쫓겨난다. 그러고는 파리로 갈 결심을 한다. 살러 가는 것이 아니라 죽으러 가겠다고.

"청구 씨여(남편 김우영의 아호), 반드시 후회 있을 때 내 이름 한 번 불러주소. 사 남매 아이들아, 에미를 원망치 말고 사회 제도와 도덕과 법률과 인습을 원망하라. 네 에미는 과도기에 선각자로 그 운명의 줄에 희생된 자이었더니라. 후일 외교관이 되어 파리에 오거든 네 에미의 묘를 찾아 꽃 한 송이 꽂아다오."

조선 최초의 서양화가로 1910년대의 뛰어난 문필가로, 여성운동가로 활동한 그녀의 이혼 후의 삶은 참혹했다. 이혼

한 여성에게 주어진 조선의 불합리한 가족제도와 공권력까지 동원할 수 있는 남성 중심의 권력 앞에서 그네는 무기력했다. 그네의 분노는 심신을 병들게 했다. 한때 왕성한 예술 활동으로 자신을 몰아붙이기도 했지만 그네는 끝내 52세의 나이에 행려병자로 죽어간다. 동시대 여성들에 비해 100년을 앞서 산 선각의 삶은 그토록 슬프고도 아름다웠다. 여성으로서가 아니라 한 인간으로 살기를 원했던 그네의 글이 열여덟 살의 내 안에 페미니즘의 뿌리를 내렸다. 그네는 여자도 사람이라는 것, 사람이 되어야 한다는 것, 또 사람의 대우를 받아야겠다는 것을 글쓰기나 그림으로 또, 삶으로 보여주고 간 사람이었다.

그네는 자신의 '삶이 곧 걸작이 되고 싶다'고 말했다. 아, 그 두렵고 아픈 말은 지금도 내 가슴에 각인되어 있다.

당시에 『삼천리』에 연재되어 세간에 반향을 불러일으킨 「이혼고백장」은 남성 중심의 가부장적 권력에 대한 작가로서의 저항적 글쓰기이다.

1988년에 발굴된 그녀의 소설 「경희」는 1910년대 한국 근대문학사에서 중요한 자리를 차지하는 작품이다. 「경희」는 당대를 지배하던 가부장적 이데올로기에 저항하는 여성의 자각을 주제로 하고 있다. 이 작품의 서사에 등장하는 '경희'는 그네의 수필에 언급되는 작가 자신을 연상시키는 다분히 자전적 인물이다. 일본 여자유학생인 '경희'는 사돈마님이 여자가 시집이나 가지 공부는 배워서 무엇하느냐는 말에 먹고 입고만 하는 것이 사람이 아니라 배우고 알아야 사람이라고 대꾸한다. 축첩을 일삼는 조선 남자가 여편네 두고 첩을 얻지 못하게 하는 것도 가르쳐야 한다고 내심 항변하면서. 여성도 남성과 똑같이 교육의 주체이자 결혼의 주체라고.

나혜석은 '경희'를 통해 조선의 여성으로서 어떻게 살아가야 하는가의 문제를 끊임없이 고민한다. 또 여성 스스로가 결혼을 주체적으로 선택하고 책임을 져야 한다는 내·외부적 갈등도 소설 속에 생생하게 담아내고 있다. '편하게 전과 같이 살다가 죽읍시다' 하는 동무들의 한결같은 말이나 일본 공부는 그만두고 대가댁 맏며느리가 되어 시부모 사랑받고 고생 모르고 살라고 여성교육무용론을 주장하는 아버지의 말에 저항을 느끼며 여성도 교육을 받아야 한다고 맞선다. 인형의 집을 떠나는 노라처럼 '경희'도 조선의 가부장적 가정을 떠날 수밖에 무어 다른 선택이 있었을까.

트라우마

양순석의 「집으로 가는 길」

...

    요즈음도 간혹 내게 전화를 걸어오는 얼굴도 가물가물한 아재가 한 분 있다. 춘이 아재. 어머니는 9남매의 맏이인데 춘이 아재는 어머니의 이복동생이다. 사실 아재가 전화를 거는 목적은 내게 있는 게 아니다. 어머니의 연락처를 알기 위해서다. 그는 어쩐 일인지 내가 수차례 어머니의 연락처를 알려주었음에도 불구하고 또 다시 내게 전화를 한다. 그의 목소리는 언제나 우물 저 깊은 속에서 들려오는 것처럼 무겁고 침통하다. "우-여이가?" 하고 내 어릴 때 이름을 부르면서 통화를 시작하는 것부터 아재의 전화 내용은 매번 똑같다. "내, 아재다. 미안하다. 또 전화를 했구나. 내가 너 참 어릴 때 봤는데 지금은 어른이 됐겠구나. 이 아재가 너 한번 보고 싶은데, 이 못난 아재가 너 보러도 못 가는구나. 엄마 전화번호 좀 알려다오. 우-연아, 미안하다." 아재에게 어머니의 전화번호를 알려드리고 한참 뒤에 어머니께 전화를 해보면 여전히 통화 중이다. 나중에 연결이 되어서 무슨 통화를 그리 오래 했냐고 물으면 어머니는 역정을 내신다. "그게 언제적 이야긴데 아직도 그라고 있는지 모르겠다. 어릴 때 부모한테 버림받고 집도 절도 없이 평생 남들처럼 한번 살아보지도 못하고 다 늙은 게 애석하기도 하겠지. 아이고 참."

'집'이란 무엇인가. '남들처럼' 산다는 건 또 무엇인가.

평범한 사람들이 일상 속에서 꿈꾸는 삶이란 가만히 보면 지극히 단순하다. 부모님(혹은 남편과 아내)과 언니, 오빠나 동생(혹은 자녀)이 있는 '집'에서 사랑하고 사랑받으면서 더도 덜도 말고 '남들처럼'만 사는 삶이 아니겠는가. 하지만 이 지극히 간단한 '남들처럼'만 사는 삶으로부터 소외될 때 푸른 상처는 자라기 마련이다. 어린 날의 상처는 대부분 성인이 되어서까지 한 영혼을 지배한다.

양순석의 「집을 찾아가는 길」에 나오는 그녀는 마흔을 앞둔 나이에 느닷없는 우울의 늪으로 빠져들곤 한다. 남편은 아내가 이미 손쓸 수 없는 문제를 가졌다고 윽박지르면서 정신과 상담이라도 받아보길 권한다.

그녀의 문제는 무엇인가. 그것은 저 유년의 집에서부터 비롯된다.

어린 그녀는 초등학교 교사인 아버지와 단둘이 줄곧 관사에서만 살았다. 관사는 늘 어둡고 춥고 비어 있었다. 그녀는 세상의 모든 집이 다 그런 줄만 알고 살았다. 처음으로 친구 네 집에 따라가서 그녀는 충격을 받는다. 세상에는 관사와 는 정반대인—창호지를 뚫고 들어온 눈부신 빛과 볕을 거느 린—집이 있다는 사실을 알게 된다. 그 속에는 노란 알전구 밑에서 둥그런 밥상에 둘러앉아 밥숟가락에 김치를 얹어주 는 어머니도 있다. 어린 그녀는 자신이 텅 빈 어둠 속에 버려 졌다는 자각을 하게 되고 '그 빛과 볕을, 그 속의 집을, 집 속 의 삶을' 무섭도록 갈망하기 시작한다.

성인이 된 그녀는 유년의 그 갈망대로 결혼을 하고 아이를 낳고 그토록 집요하게 탐했던 '남들처럼' 밝고 따뜻한 집에 서 아이를 키우고 식탁을 차리고 가구를 닦는 삶을 산다. 하 지만 남편으로부터 그 말을 듣는 순간 일시에 제자리로 돌아 온 기분을 느낀다. 그녀는 여름휴가를 맞은 남편과 '바닷가 의 그 집'을 찾아가면서 집에 관한 오랜 기억들을 떠올리며 자신이 스스로를 가둔 집을 부수지 않는다면 그 어떤 집도 허상일 뿐이라는 사실을 깨닫는다.

머잖아 춘이 아재가 또 '우-여이가' 하고 전화를 걸어올 것 이다. 그게 꼭 어머니 연락처를 알려고 전화하는 게 아닐지 도 모르겠다. 어릴 때, 아재가 조카인 내가 보고 싶어서 성주 에서 부산까지 찾아온 적이 있었다. 아재 얼굴을 잊어버렸는 지 웃지도 않더라고. 그게 그렇게 서운했다던 기억이 난다.

다음에 또 아재 전화를 받으면 똑같은 옛날 이야기라도 들어
드려야겠다는 생각이 든다.

선운사 동백을 보러 가다

윤대녕의 「상춘곡」

...

　사랑하는 당신, 새벽 3시면 가까운 절에서 예불 목탁소리
가 들립니다. 밤새 책상머리에 앉지 못한 오늘 같은 날, 목탁
소리는 마치 '빨리 해라, 빨리 해라.' 하고 나를 두드려 깨우
는 것 같습니다. 목탁소리가 그치면 유난히 커지는 시계 초
침 소리에 떠밀려 노트북 앞으로 자동적으로 앉게 되거든요.
실은 며칠 전부터 당신에게 윤대녕의 「상춘곡」 같은 아름다
운 연애편지를 하나 쓰고 싶었습니다. 1996년에 윤대녕이
「상춘곡」을 발표한 이후로 제 봄맞이 서곡이 이 「상춘곡」이
었습니다. 천지사방에 꽃소식이 날아들면 「상춘곡」을 옆구
리에 끼고 선운사 동백을 보러 가야지 했던 기억도 이제 가
물가물해져버렸네요.

　「상춘곡」은 10년 전 스물여섯 살에 만났던 여자를 7년 만
에 다시 만나고 헤어진 열흘 후에, 남자가 선운사 동백장에

서 열흘간 머무르는 동안에 쓴, 긴 연애편지 같은 소설입니다. 선운사 석상암 부처님 발 아래서 물과 불이 다 타고 마를 때까지 정사를 치렀던 여자에게 말입니다. 열흘 전, 여자가 4월 말쯤 벚꽃이 피면 그때 다시 만나자고 했고 화자는 그때까지 기다릴 자신이 없어서 여자의 고향인 선운사로 벚꽃을 보러 내려온 것입니다.

선운사는, 백제 위덕왕 때 창건되었다는 연표뿐만 아니라 동구에 미당의 시비가 있는 곳으로도 유명하지요. '선운사 골째기로/선운사 동백꽃(화자에게는 벚꽃)을 보러 갔더니/동백꽃은 아직 일러/피지 안했고/막걸리집 여자의/육자배기 가락에/작년 것만 상기도 남았습디다/그것도 목이 쉬어 남었습디다'「상춘곡」의 이야기 구조는 이 시,「선운사 동구」와 흡사합니다. 남자는 석상암에서 도솔암, 낙조대까지 가는 여드레 동안 여자를 회상하고 '당최 필 생각을 않'는 벚꽃을 보며 마음이 흐려져 있습니다. 여자는 남자의 아이를 지우고 다른 남자와 결혼하고 사내아이를 낳았지만, 3년 전에 이혼을 한 후 아이와 둘이 살고 있습니다.

피지 않는 벚꽃을 기다리길 아흐레째 되는 날, 우연히 동백장에서 미당 선생을 만납니다. 선생은 매년 이때쯤 고향에 내려와 동백장에서 하루 머문 뒤 귀경한다고 하지요. 선생이 질문을 던집니다. "동백은 폈던가" 하고요. 화자는 대답하지요. "아직 안 피었습니다." "음, 그래? 하지만 나는 벌써 보고 가네" 그러면서 여기 더 있을 거면 흐린 날 만세루에 다시 들어가보라고 일러주십니다. 만세루는 고려 땐가 불에 타버려 재건을 했답니다. 그때 재목이 없어서 타다 남은 것들을 조각조각 이어서 다시 만들었답니다. "그게 향나무로 맨든 거거든. 그래서 날이 흐리면 공기가 무거워져 영산전에서 흘러나온 향내가 경내 전체에 그윽하거든." 화자는 선생이 일러준 대로 다시 만세루에 가보지요. 그 조각조각 잇대고 기운 기둥 모양을 보면서 여자와의 인연도 그러한 게 아닌가 생각합니다. 그러고는 미당이 피지도 않은 동백을 보고 간다고 말한 것처럼 자신도 만세루 안에서 하얗게 흐드러진 벚꽃 무리를 보게 됩니다. 여자와의 인연은 '마음 흐린 날 서로의 마당가를 기웃거리며 겨우 침향내를 맡을 수 있다면' 그걸로 족한 것이라는 깨달음이 뒤따라옵니다.

　사랑하는 당신, 다시 「상춘곡」을 읽는 새벽입니다. 사랑은 늘 새롭게 시작되는 윤회 같은 게 아닐까요?

진정한 성장의 의미

신경숙의 『외딴방』

...

겨울, 다 보내고 새봄에, 안 죽을 만큼 아팠습니다. 인후염에 감기 몸살, 피부염까지. 약봉지가 세 개라니요. 게다가 수선한 봄옷을 찾아 돌아오다 멀쩡하게 잘 다니던 길모퉁이에서 자전거를 탄 채 땅바닥에 처박혔습니다. 너무 아프고 창피해서, 얼른 일어나지도 못하고 엎드려 있었지요. 봄맞이 한 번 요란합니다. 목소리는 가고 눈가에는 팬더처럼 시퍼런 멍자국을 두른 채 침대에 기대어 13년 만에 다시 『외딴방』을 읽었습니다.

13년 전이나 13년이 지난 오늘이나 도처에 '외딴방'이 존재한다는 사실에 마음이 아팠습니다. 얼굴에 번진 시퍼런 멍자국을 화장으로 감추고 학교에 갔다가, 한 시간강사의 자살 소식을 들었던 때문입니다. 자신이 학위를 받은 모교가 있는 어스틴 32번가의 허름한 모텔방에서 '2년이 20년 같았던' 시간강사 생활의 고단함에 대하여 장문의 유서를 써놓고 음독을 했답니다. 마지막 여행을 함께한 딸아이도 소설에서처럼 16세입니다. 죽어가는 엄마를 지켜봐야 했을 그 아이가 과연 온전할까요?

『외딴방』은 유신 말기, 구로공단에서 낮에는 일하고 밤에는 '산업체특별학급'에 다녔던 '나'의 16세부터 4년에 걸친 '픽션과 논픽션의 중간쯤' 되는 이야기입니다.

이야기는 당시에 그곳에 다녔던 '그녀들' 중의 하나인 하계숙이, 이제는 유명한 소설가가 된 '나'에게 "너는 우리 얘기는 쓰지 않더구나. 네게 그런 시절이 있었다는 걸 부끄러워하는 건 아니니. 넌 우리들하고 다른 삶을 사는 것 같더라" 하고 전화를 걸어오는 데서 출발하지요. 작가의 글쓰기는 이 질문에 대한 절절한 해답쯤이라고 보면 되겠습니다.

그렇다고 '나'가 하계숙의 질문처럼 가난한 시절은 진작 잊고 현재의 성취에 자족하는 속물은 아니지요. '쇠스랑에 찍힌 발등의 흉터'처럼 몸에 박힌 그 지독했던 시절과 외딴방을 기억하는 일이 너무나 큰 고통으로 남아 있기 때문입니다. '산업역군의 전형적 풍속화'인 희재 언니가 '나'에게 문을 밖에서 잠가 달라고 부탁을 하고 안에서 홀로 자살을 하고만 외딴방.

'나'는 그 충격으로 외딴방을 떠나고 한동안 말을 잃어버립니다. '나'나 '외사촌'은 언젠가는 꿈을 이루기 위해 외딴방을 떠날 사람들이었지만 희재 언니는 어쩌면 외딴방 그 자체가 되어버린 존재가 아닐까요. 희재 언니에 대한 기억을 '낙타의 혹'처럼 지고 살아온 '나'가 그녀의 죽음을 기록하기 직전에 "얼굴과 마음이 다 퉁퉁 붓는 느낌"이라고 하면서도 끝까지 글쓰기를 밀어붙이는 것이 마치 상처의 치유과정처럼 보입니다. 진정한 성장이란 상처의 치유와 극복에서 오는 것일 테니까요. 그렇게 희재 언니와 '나'는 일정한 동일시를 거친 뒤 마침내 작별합니다.

하지만 옥탑방에 사는 병든 조부모에게로 보내졌다는 16세의 그 딸아이는 어떻게 될까요? 그 아이가 자꾸만 눈에 밟힙니다. 그 아이 엄마가 죽은 그 모텔방이 우리 시대의 또 다른 '외딴방'이 아니던가요.

소설이란 무엇인가

김도언의 「밖으로 들어가고 안으로 나가기」

...

    연말에 두어 곳의 신춘문예 예심을 본 뒤, 낯선 전화번호 하나가 내 신경을 긁고 있다. 탈락자 원고 더미에 보태면서도 마음이 썩 편치 않아 쪽지에 얼른 적어놓은 전화번호였다. 응모작은 오랜 습작의 흔적이 역력해 보였다. 이야기의 등뼈가 탄탄했다. 문제는 안일한 구성이었다. 소설은 이야기이긴 하지만 또 이야기 그 이상이기도 한 것이다. 소설의 담을 넘기 위해 안간힘을 쓰고 있는 그의 모습이 보이는 듯해서 안타까웠다. 이럴 때, 누군가 살짝만 밀어줘도 쉽게 넘어갈 수 있을 텐데. 그의 월담을 돕고 싶었다.

    하지만 나는 선뜻 전화를 하지 못했다. 처음에는 당선자 발표 이후에 하자 했다가 시간이 지나면서는 문득 찾아든 어떤 부끄러움 때문이었다. 심사를 했답시고 한 수 가르치려 드는 너는, 그래 소설이 뭔지 좀 알겠느냐, 네가 누군지도 모를 전화번호의 주인에게 예심 본 소설가라고 너를 소개할 자신은 있느냐, 누군가 그렇게 묻고 있었다.

소설이란 무엇인가에 대한 물음에 토스트기처럼 '질문하기'라고 툭 내뱉는 작가가 김도언이다. 그의 단편소설 「밖으로 들어가고 안으로 나가는 방법에 대한 고찰」(2008)에는 단한 줄도 쓰지 못한 채 마감날짜를 코앞에 두고, 열흘 동안이나 불면의 밤을 보내고 있는 소설가 화자가 등장한다. 어느 깊은 새벽, 마침내 그는 한 자 한 자 타이핑을 시작한다.

"어떻게 밖으로 들어갈 것인가"라고.

이 아주 오래된 질문은 김성동이 소설 『만다라』에서 던진화두에 맞닿아 있다. 그것은 내 이십 대 즈음 새해 벽두에, 소설 『만다라』를 통해 내게로 온 화두이기도 했다. 하지만 나는, 화두란 애초에 풀리지 않을 그 무엇이란 생각에, 한 번도 김도언의 소설 속 화자처럼, 질문의 한가운데로 걸어 들어갈 엄두도 내지 못했다. 화자는 우화 하나를 만들어 이 요원한질문에 대한 대답을 찾아낸다.

한 땅부자 아비가 두 아들에게 땅을 물려주려고 한다. 그래 각자 갖고 싶은 만큼의 땅에 울타리를 치라고. 큰아들은 욕심껏 땅 가장자리에 말뚝을 박아 울타리를 친다. 말뚝 박는 데에만 일주일이 걸린다. 당연히, 울타리 안쪽이 큰아들이 갖고 싶은 땅이다. 그런데 둘째 아들은 한 시간도 안 되어서 땅 한가운데에 말뚝을 서너 개만 박고 손을 탈탈 털었다. 둘째가 이렇게 재물 욕심이 없었던가 의아해하면서 아비가 아들에게 묻는다. 이렇게 좁은 땅을 가지고 어디에 쓰겠느냐. 둘째의 대답이 기발하다. 아닙니다. 저는 말뚝을 박아놓은 울타리 안의 땅만 빼고, 그 밖의 땅을 모두 갖고 싶습니다. 아비는 아연할밖에. 둘째는 통쾌하게도 울타리 안과 밖의 통념을 뒤집어버린 것이다.

화자는 이 우화를 『만다라』의 화두에 적용시킨다. 어린 새를 입구가 좁은 병 속에 넣고 키웠는데, 새가 점점 자라 밖으로 나갈 수가 없게 되었다. 병을 깨지 않고 어떻게 하면 새를 안전하게 밖으로 꺼낼 수 있을 것인가. 화자는 이 말장난 같은 질문에 어느 순간 사로잡힌다. 집요하게 질문에 매달린 끝에 그가 찾아낸 대답은 이렇다. 유리병의 외곽을 둘째가 쳐놓은 서너 개의 울타리로 가정한다면, 유리병 안의 새는 이미 밖으로 나와 있는 것과 마찬가지가 아닌가. 새는 처음부터 안에 갇혀 있지 않았다. 새의 눈에는 유리병 밖의 세계가 좁은 유리병 안으로 보였을 것이다. 우화 속의 둘째 아들처럼 안과 밖의 통념을 뒤집어서 바라보는 눈을 가져보자. 밖의 세계가 안의 세계보다 언제나 넓은 것은 아니다. 물론 소설 속 화자는 자신이 찾은 대답만이 정답이라고 우기지는 않는다. 그 때문에 그가 찾아낸 대답이 더 미덥다. 상상하기에 따라서 이 대답은 퍽 유용하게 쓰인다. 0.65평의 공간에 갇혀 있는 죄수들이 그곳을 안이 아니라 밖이라고 생각한다면 어떨까. 그가 갇혀 있다는 자각 때문에 느끼게 될 고통에서 훨씬 자유로울 수 있지 않을까 하고.

신춘문예 당선자 발표가 지상에 공개된 지금, 나의 낯선 전화번호의 주인도 다시금 소설이 무엇인가, 라는 질문을 품고 푸른 밤을 맞게 될 것이다. 부디 그에게도 통념을 뒤집는 사고의 전환이 찾아들기를 기대해본다.

종말로 치닫는 문명의 위험

하랄트 뮐러의 『시체들의 뗏목』

...

『시체들의 뗏목』(하랄트 뮐러의 희곡)을 읽었다. 환경문제가 절실해진 지금의 우리 사회에 던지는 메시지가 강렬하다. 무대는 미래 사회의 종말을 보여주는 듯 충격적이었다. 말은 존재의 집이라는데, 방사능 오염으로 피폐해진 그들의 내면이 고스란히 표현되는 대사 또한 도발적이어서 읽는 내내 마음이 아팠다.

책장을 덮고 마당으로 나왔다. 비 온다. 비 오니까 마당에 지렁이가 기어 나온다. 반갑고 고맙다. 몇 마리인가. 손가락으로 가만히 눌러본다. 포근포근하다. 보잘것없이 생긴 이 지렁이가 지구를 숨 쉬게 하고 땅을 비옥하게 만든다니. 참 대견하다. 공룡보다 훨씬 이전에 나타나 아직도 지구생태계의 파수꾼 역할을 하고 있는 저 질긴 생명력이라니. 이런 지렁이도 화학비료나 살충제를 뿌린 땅에서는 살아남지 못한다. 방사능과 화학물질에 오염된 땅에서 인간이 살 수 없는 것과 마찬가지다.

올해(2016년)는 히로시마 나가사키 원폭 투하 71년, 체르노빌 원전 사고 30년, 후쿠시마 원전 사고 5년이 되는 해다. 『원전을 멈춰라-체르노빌이 예언한 후쿠시마』의 저자 히로세 다카시는 재난은 지금도 '진행 중'이라고 말한다. "지금까지 대사고가 일어나지 않았던 것은 우연 중의 우연이죠.(중략) 그렇지만 10년 내에 일어날 것입니다. 프랑스가 먼저가 될지도 모르죠. 아니면 한국에 있는 9기(현재는 25기가 운전 중임) 중 어떤 것이 터질 것인지"라고 말한다.

그는 이미 20년 전에 후쿠시마 원전사고를 예언했다. 수십 년 동안 원자력 발전과 핵의 위험성에 대해 취재하고 연구한 결과였다. 사람들은 그의 예언에 얼마나 귀를 기울이고 있을까.

고등학교 때, 불교학생회에서 만난 선배 생각이 난다. 그는 지독한 독서광이었다. 어느 날, 토요 법회를 마치고 여럿이 함께 내려오는 길이었다. 갑자기 비를 만났는데 우산이 없었다. 선배 앞에서 빗물에 머리가 찰싹 달라붙는 걸 보이기 싫어 책가방을 머리 위로 재빨리 둘러썼다. 금방이라도 들고 뛸 채비였다. 그때, 선배가 내 책가방을 손으로 툭 쳐 내렸다. "촌스럽게" 나는 찔끔했다. "저 나무 좀 봐라. 비 오면 비 맞고 바람 불면 바람 맞으면서도 우리보다 더 푸르르잖아. 근데 우리 인간만 유독 우산을 만들어 쓰고 비를 피해 가지. 루

소가 왜 자연으로 돌아가라고 외쳤을 것 같노. 사람도 나무
처럼 비에 젖어야 시도 나오고 생각도 나오는 법이거든." 선
배가 비를 맞고 선 키 큰 플라타너스를 가리키면서 말했다.
"근데 우거지 너, 루소가 자연으로 돌아가라고 한 말이 무슨
뜻인 줄은 아나." 선배가 물었다. 늘 우거지상을 하고 다닌다
고 내 별명이 우거지였다. "시골 가서 농사짓고 욕심 없이 살
라는 말 아닌가요?" 나는 루소를 읽은 적이 없었다. "바보야,
공부 좀 해라. 그기 아이고, 인간 본성이 곧 자연이라고 본
거야. 자연을 떠난 인간의 탐욕이 낳은 무분별한 개발정책과
문명의 이기 때문에 사람들이 얼마나 불행해졌노. 언젠가는
이 비도 맘 놓고 못 맞는 세상이 올지도 몰라. 물도 돈 주고
사 먹어야 될 때가 온다 두고 봐라. 내 말 기억날 때가 있을
기다." 선배의 그 말이 정말로 다시 기억난 건 동일본 지진과
후쿠시마 원전사고를 TV로 안타깝게 지켜보면서였다. 우리
나라에도 방사능비 내린다고 한바탕 난리였다. 아이들이 방
사능비를 맞을까 봐 마스크에 비옷에 우산까지 쥐어주며 조
바심 내던 젊은 부모들. 이제 시나 소설, 영화 속에서도 더 이
상 비 맞는 장면을 볼 수 없을 거라는 탄식은 그나마 낭만적
인 것에 속했다. 방사능 오염으로 인한 먹거리 문제를 비롯
한 불안들이 쏟아졌다.

『시체들의 뗏목』에서 등장인물들이 불안에 시달리는 것도
눈으로는 볼 수 없는 방사능 오염의 저 불확실성 때문이다.

"아, 난 항상 불안했어. 낮에 대한 불안, 밤에 대한 불안, 인간에 대한 불안, 불안에 대한 불안……." '브유티'는 이 끊임없는 현실적 불안에 시달리면서 온몸이 텅 비는 꿈을 꾸고 더러운 화학물질이 몸 밖으로 배출되어 순수해지는 환상에 빠진다. 불안한 현실을 도피하기 위해서. 그들은 모두 어떻게든 살아남으려는 안간힘으로 오염되지 않은 깨끗한 땅, 크산텐을 찾아 떠난다. 뗏목을 저어 마침내 도착한 그곳은 과연 그들의 이상향이 될 수 있을까. 대답은 뻔하다. 그곳은 그들이 꿈에 그리던 곳이 아니었다. 그들을 기다리는 것은 무장한 군인들이었다. 그들을 향해 총을 쏘는. 어디에도 오염된 그들을 받아줄 낙원은 없었다. 그것은 누구도 이 전 지구화된 문명의 위험을 피할 수 없다는 종말을 상징하는 결말로 읽혔다.

비 그친 마당에 어디선가 또 지렁이 한 마리가 기어 나온다.『종의 기원』을 쓴 다윈이 28세에 시작해서 생애 마지막까지 연구한 대상이 지렁이였다는 사실은 얼마나 근사한가.『지렁이가 만드는 부식토와 지렁이의 습성 관찰』이란 재미난 제목의 책이 그의 마지막 저술이었다. 지렁이의 친환경적 습성도 놀랍지만 그것을 증명하기 위해 평생을 바친 한 인간의 순정함이 더없이 귀하다. 어릴 때 외가에서 듣던 풀벌레 소리 같은, 그 지렁이 울음소리 듣고 싶다.

이 불편한 진실

공지영의 『도가니』

...

기자들 사이에서 "소설 쓰나?"라는 말은 큰 욕이라고 한다. 사실을 제대로 파악하지 못한, 똥오줌도 못 가리는 글이란 뜻일 게다. 또 어떤 논쟁의 자리에서 상대의 말문을 막는데에는 거두절미하고 "지금 소설 쓰고 있어요?"라고 해버리면 된다. 소설을 쓰고 있다는데 뭐라 할 것인가? 앗 뜨거라 할밖에. 도대체 소설의 어떤 부분이 그렇게 사람들을 찌르는 걸까. 아시다시피 그건 소설이 갖고 있는 허구성 때문이다. 맞다. 소설은 말도 안 되는 말이다. 그런데 진짜 소설은 그냥 허구가 아니라 어떤 진실이란 형상을 가진 허구다. 그러니까 사람들이 "소설 쓰나?" 아니면 "지금 소설 쓰고 있어요?"라고 공격할 때에 쓰는 소설에 대한 부정적인 표현은 소설의 허구성을 말하는 것이다.

공지영의 소설 『도가니』 열풍이 거세다. 2년 전에 출간된 소설 『도가니』의 인기가 영화 개봉 덕에 단숨에 베스트셀러

1위에 올랐다.

김승옥의 「무진기행」에서 소설의 구조를 차용한 『도가니』의 무대는 안개로 뒤덮인 도시, 무진이다. 「무진기행」은, 1960년대의 방황하는 지식인 '나'가 무진에 내려와 일탈과 욕망을 경험하지만, 다시 서울로 돌아가는 원점회귀의 구조를 취하고 있다. 『도가니』 또한 자애학교의 기간제 교사 '강인호'가 무진의 은폐된 진실과 맞서 싸우다가 결국은 서울로 돌아가는 구조.

무진에 온 강인호는, 소외된 장애아동들이 인면수심의 교직원들에게 지속적으로 성폭행당하고 있는, 잔혹한 현실과 맞닥뜨린다. 그는 이 믿을 수 없는 현실 앞에서 분노하며 갈등한다. 그의 분노는 고스란히 독자에게 전이된다. 그는 사건을 해결하기 위해서 무진 인권센터의 실무자이자 대학선배인 서유진을 만나 피해학생과 학부모를 돕는다. 그들의 연대는 침묵 속에 오랜 세월 은폐되어 있던 이 사건을 법정으로 끌어낸다. 하지만 검찰이나 변호인, 경찰, 심지어는 성폭행당한 장애아동을 진찰한 의사까지 한통속인 이 광란의 도가니에서 과연 승산이 있을까. 그 때문에, 이 불합리한 재판 과정은 무진이란 도시와 비단 무진뿐만이 아니라, 우리 사회 전체에 만연한 거짓과 위선의 총체적 모습을 고발하고 있다. 작가는 그 거짓과 위선 속에 우리도 한 발을 담그고 있다고 지적한다. 자신의 안일을 위해 불의를 외면하고 묵인해온 너와 나, 우리 모두가 죄인일 수밖에 없다는 것. 그 누구도 거기서 자유로울 수 없다는 것, 이것이 『도가니』가 말하는 불편한 진실이다. 『도가니』가 독자의 공감을 불러일으킨 것도 바로 이 지점이다. 게다가, 실화 소설이 갖고 있는 구체적이고 집중도 높은 서사와, 영상화를 염두에 두고 썼다는 작가의 잘 읽히는 문장과, 안개 속에 가린 진실을 보여주는 작가정신까지 한몫했다. 독자와 관객들은 가해자에 대한 깃털처럼 가벼운 처벌에 분노했다. 재수사를 요구하는 여론이 들끓었고 마침내 영화 개봉 한 달 만에 광주 인화학교는 폐교되고, 국회 본회의에 장애인 여성과 아동을 대상으로 하는 성범죄 특별법인 일명 '도가니법'이 통과되었다.

만약 도가니가 르포나 다큐멘터리 같은 형식으로 발표되었다면 어땠을까. 도가니가 이미 6년 전에 PD수첩에 방영되었던 것을 보면 그다지 긍정적인 대답이 나올 것 같지 않다. 인터넷 토론장 같은 데서 보는 우리나라 사람들의 체온은 너무 뜨겁다. 논리나 추론은 없고 원색적인 비난과 뜨거운 욕설이 넘쳐난다. 가령 사형제 찬반 토론 같은 데서 보면 이런 식이다. 찬성자가 말한다.

"그런 놈은 쳐 죽여야 해. 네 가족이 그놈한테 살해당했다고 생각해봐. 너라면 가만히 있을 수 있겠니."

그러면 바로 밑에 달리는 댓글들은 그 놈을 쳐 죽이지 않으면 자신이 그 놈보다 더 나쁜 놈이 될 것 같은 분위기다.

이번 〈도가니〉 열풍을 보면서 우리가 현실을 바라보는 눈이 지나치게 감정적인 건 아닌가 하는 생각을 해본다. 모로 가도 서울만 가면 된다고 생각하면 사실을 썼든 허구를 썼든 뜻밖의 아름다운 결과를 냈으니 됐다. 하지만 있는 그대로의 현실을 냉정하게 직시하고 가해자와 피해자, 또는 사건 당사자들 모두의 상황을 허구의 힘을 빌리지 않고 그대로 기술할 수 있는 르포나 다큐멘터리로 발표되어도 〈도가니〉 열풍을 일으킬 수 있는 사회가 더 건강한 사회가 아닐까 하는 생각을 해본다. 사실과 다르게 썼으니 공지영을 불러서 참고인 조사를 해야 한다는 모 국회의원의 발언은 코미디 같다. 소설가가 소설을 썼는데 왜 그러실까.

책 읽는 사람들

책마을

...

서면 지하상가에 중고서점이 생겼다. 의류와 화장품 가게가 즐비한 상가 그 한복판에. 중고 명품 가방이라면 또 모를까. 과연 헌책이 팔릴까. 동보서적 같은 대형서점도 맥없이 무너지는 판에. 어떤 애장가가 공연히 무모한 짓을 한 건 아닐까 싶었다. 조각가 에두아르도 칠리다의 전람회를 보고 돌아오는 길에 궁금해서 찾아가 보았다. 뜻밖에도 옷가게 못지않게 사람들이 붐볐다. 가만히 보니 이건 기왕의 헌책방이 아니었다. 넓고 깨끗한 실내에, 컴퓨터 도서 검색대며 책을 읽거나 휴식할 수 있는 계단식 좌석까지. 책도 새 책처럼 깨끗했다. 책장은 '방금 고객이 판 책', '베스트셀러에 올랐던 책', '6개월 신간 책', '품절/절판 도서' 같은 타이틀을 붙이거나 장르별로 정돈해두고 있었다. 품절/절판 도서에 붙은 카피가 비장했다. '이 광활한 우주에서 이미 사라진 책을 읽는다는 것'. 입구에 붙은 '오늘 들어온 책 28××권'이란 숫자표도 재치있었다. 직원들은 고객이 판 책을 정리하거나 또 연방 팔려나가는 책에 바코드를 찍느라 바빴다. 고객 확보를 위한 노력과 아이디어가 돋보였다.

나는 서가에서 책을 고르는 행복해 보이는 학생들 사이를 서성거렸다.

문득 나의 보수동 헌책방 시절이 떠올랐다. 도서 검색대도 계단식 좌석도 없는 좁고 후진 공간이었지만, 입구에 들어서면 짙게 풍겨오던 그 오래된 책 냄새. 그땐 고작해야 문고판 두어 권 사는 것도 호사였다. 헌책방을 돌아 나오면 그걸 빨리 읽고 싶어 걸어가면서도 펴보곤 했다. 책 읽는 재미는 내게 세상 무엇과도 바꿀 수 없는 희열이었다. 나는 헌책방에서 책만 만난 게 아니었다. 여상을 졸업하던 그해, 함석헌의 글이 실린 사상계 잡지를 사러 갔다가 박 선생님을 만났다. 그는 헌책방 입구에 있는 씨알서점 주인이었다. 그는 늘 돈보기 너머로 낡은 책을 읽거나 노트에 시를 쓰곤 했다. 어느 날, 그가 조심스레 함석헌을 만나고 싶지 않느냐고 물었다. 그때까지 내게 필자는 단지 책 속에만 살아 있는 존재였다. 필자를 만난다는 말에 정신이 그만 아득했다. 그해 5월 8일 박 선생님을 따라간 부산모임에서 함석헌의 강연을 처음 들었다. 하얀 두루마기에 빨간 카네이션을 꽂은, 수염이 허연 할아버지의 말씀. 그날, 선생의 말씀은 내 가슴에 깊은 화인으로 박혔다. 선생처럼 시대와 역사를 보는 깨어 있는 눈을 갖고 글 쓰는 사람이 되는 것. 그것이 스무 살, 나의 지향점이었다. 1, 2, 3, 4로 번호를 매긴 4개의 함석문을 달던 박 선생님의 그 작은 헌책방은 없어진 지 오래다. 당대의 귀한 정신을 만난 기억만을 남긴 채.

다시 새 학기가 시작되었다. 이번 학기에 글쓰기 강좌 수강생들에게 『유럽의 책마을을 가다』(정진국)를 비롯하여 『유럽의 아날로그 책마을』(백창화), 『유럽의 명문 서점』(라이너 모리츠) 같은 책마을 기행서들을 권했다. 교과서 외의 책이라곤 단 한 권도 끝까지 읽어본 적이 없다는 말을 서슴없이 하는 학생에게 "책을 좋아하는 사람들을 위한 집"인 유럽의 고서점이나 중고서점이 어떻게 비칠지 모르겠다. 읽을 시간이 없어서 그렇지 책을 싫어하는 사람이 어디 있겠는가, 라는 말은 참 안이한 발언이다. 실제로 학교에서 만나는 학생들 중에는 노골적으로 책을 싫어하는 사람이 많다. 아이들의 관심을 끌기에 책은 너무 정적이고 지루하다. 별 생각 없이도 잠시 다른 세상에 갔다가 돌아온 것처럼 혼을 쏙 빼놓는 비디오게임과 영상, 디지털 문화에 익숙한 아이들에게 생각할 거리를 안겨주는 책이 편할 리가 없다. 책을 읽는 과정은 생각을 몰입해야 하고 자신과 소통해야 한다. 자신이 어디에서 와서 어디로 가고 있는지 끊임없이 통찰해야 하는 달콤한 고통의 시간이 필요한 것이다.

유럽의 책마을들이 오래도록 살아남을 수 있었던 것은

역시 서점 운영을 위한 독자성과 전문성을 갖춘 때문일 것이다.

　지하상가의 중고서점은 전통적인 헌책방의 운영방식을 현대적으로 혁신하려는 노력이 엿보였다. 독서문화는 학교와 서점, 출판사, 독자가 함께 만들어나가야 하는 복합적인 작업이다.

　중고서점에서 책 읽는 학생들이 아름다운 이유는 함석헌의 말을 빌리지 않더라도 그들이 생각하는 백성이기 때문이 아니겠는가.

볼 수 있지만 보지 않는 사람들
주제 사라마구의 『눈먼 자들의 도시』

...

    최근에, 눈이 멀게 된다면 어떡하나 하는 불안으로 밤을 지샌 적이 있다. 백내장 수술 후유증 뒤끝이었다. 안대를 떼는 순간 환히 보이던 젊은 의사의 맑은 눈빛이며 병원 창밖의 선명한 간판 글씨, 거리에 쏟아지던 눈부신 햇살이 어찌나 아름다웠던지. 내가 그동안 얼마나 흐린 눈으로 세상을 보았던 것일까 생각하니 마치 개안이라도 한 기분이었다. 공연히 혼자 웃었다. 하지만 그런 흥분은 잠시였다. 두통과 안통이 겹치면서 한동안 왼쪽 눈이 붉게 충혈되어 낫지를 않는 것이었다. 선글라스를 끼고 외출하는 것도 영 불편했다. 안과 의사는 워낙 내 눈이 예민해서 그렇다는 말만 되풀이했다. 아무래도 수술이 의심스러웠다. 백내장은 재수술이 불가능하다. 소심한 마음에 이러다 눈이 멀게 되는 것은 아닐까 하는 두려움에 마음을 졸였다. 사랑하는 사람의 눈도, 꽃도, 흐르는 강물도 볼 수 없고, 토마토도 딸 수 없고, 요리도 못하고, 책도 못 읽게 된다면…… 생각만 해도 끔찍한 일이 아닌가.

눈이 먼다는 것은 무엇을 의미하는 것일까. 우리가 흔히 권력에 눈이 멀었다느니 사랑에 눈이 멀었다느니 하고 말할 때, 그것은 단순히 시신경이 손상되어 시력을 잃었다는 것을 뜻하는 건 아닐 것이다. 동물과는 다른 인간 존재의 본성, 즉 이성적 능력을 잃었다는 것을 의미한다.

포르투갈의 작가 주제 사라마구가 쓴 장편소설 『눈먼 자들의 도시』는 이러한 이성적 능력을 잃은 눈먼 자들의 도시가 얼마나 끔찍한 생지옥이 될 수 있는지를 섬뜩한 상상력으로 보여준다.

카프카의 「변신」처럼, 아무런 이유 없이, 한 남자가 눈이 멀게 된다. 그러고는 이 남자와 접촉하는 사람들이 차례로 눈이 멀게 되는 전염병이 퍼져 도시 전체가 공포의 도가니에 빠진다는 기발한 설정. 정부 당국에서는 이 병의 보균자와 눈이 먼 자를 모두 정신병원에 격리 수용시킨다.

그곳에 유일하게 눈뜬, 단 한 사람이 함께 따라나선다. 처음 눈이 먼 남자를 진찰했던 안과 의사의 아내였다. 눈먼 자들이 기하급수적으로 불어나면서 수용소는 지옥을 방불케 한다. 타인을 보지도 못하고 타인을 자신이 볼 수도 없다면 사람들이 예의를 차리기나 할까. 정부는 이 무례한 눈먼 자들이 굶어 죽기를 바란다. 그들은 식량조달이 제대로 되지 않아서 굶주리고, 오물에 뒤덮이고, 빈대에 물리고, 식욕과 성욕만 남아 있다. 인간 본성이 파괴된 자리에 약한 자에 대한 폭력이 난무하고.

의사의 아내는 이 아수라장의 실상을 두 눈으로 목격하면서도 이성을 잃지 않고 눈먼 자들을 돕는 휴머니스트로 남는다. 그녀의 헌신은 그들과의 연대를 이끌어내어 무책임하고 비인간적인 당국의 굴레에서 탈출하여 인간애를 회복하게 된다.

그들은 결국 눈을 뜨게 된다. 눈뜬 자들은 자신들이 얼마나 소중한 것을 회복했는지 알고 행복한 눈물을 흘린다. 하지만 지금까지의 모든 정신적 저항에서 쏠려나온 순간 강렬한 외로움을 느끼게 되는 의사 아내의 말은 우리에게 부끄러움을 가르친다.

"나는 우리가 눈이 멀었다가 다시 보게 된 것이라고 생각하지 않아요. 나는 우리가 처음부터 눈이 멀었고, 지금도 눈이 멀었다고 생각해요. 볼 수는 있지만 보지 않는 눈먼 사람들이라는 거죠."

작가의 문제의식이 극명히 드러나는 부분이다. 우리들이 눈뜨고도 진정한 내면적 가치를 보지 못하는 물신에 빠져 있는 눈먼 존재들이라는 것. 세상이 온통 부조리와 모순으로 가득 차 있는데도 인식조차 하지 않으려고 한다는 질책이 들려오는 것 같다.

이것은 우리가 사는 지금 여기뿐만 아니라 당대 사회 전체의 문제의식인 것이다. 그가 후속작으로 쓴 『눈뜬 자들의 도시』가 이 점을 더욱 선명하고 구체적으로 밝히고 있다.

책을 읽는 동안 얼마 전에 본 용산참사를 다룬 독립영화, 〈두 개의 문〉이 자꾸만 오버랩되었다. 영화 포스터에 찍힌 경찰특공대의 눈, 남일당의 망루에서 그 번득이는 눈으로 본 것은 과연 무엇이었을까. '우리는 어떤 것들은 잊는다. 그것이 인생이다. 그리고 어떤 것들은 기억한다.'

우리는 감히 저 『눈뜬 자들의 도시』에서 온전히 자유롭다고 말할 수 있을까.

오 바틀비여, 오 인간이여

허먼 멜빌의 『필경사 바틀비』

...

소나기가 한차례 지나간 뒤, 텃밭에 나가 빗물이 맺힌 빨갛게 익은 토마토를 한 소쿠리 따가지고 왔다. 첫 수확이다. 언젠가는 꼭 내 손으로 토마토를 한번 키워보리라 했었는데. 내게도 보라색 가지며 푸른 가시오이가 쑥쑥 자라나는 손바닥만 한 텃밭이 생겼다. 아침저녁 풀 뽑고 벌레 잡아주면서 농부의 마음이 어떤 건지 반분은 느낀다. 매미 소리가 요란한 창가에 앉아 믹서기에 간 토마토 주스를 한 잔 마신다. 며칠 전부터 책상 위에 올려둔 『필경사 바틀비』가 머리를 떠나지 않는다. 『백경』을 쓴 허먼 멜빌의 중편소설인데 인물들이 기막히게 생생하다. 이런 인물을 창조해내는 것이야말로 소설가들의 영원한 로망일 테지만 언감생심 어디 그게 쉬운 일인가. 소설은 머릿속에서는 구현되지만 손끝에서 배반되는 것이라던 선배 소설가의 말처럼.

『필경사 바틀비』는 읽을 때마다 가슴이 아릿해지는 많은 것을 생각하게 하는 소설이다. 수수께끼처럼 해독하기 어려운 바틀비란 인물을 어쩌면 이토록 독특하게 빚어놓았는지 저절로 감탄하게 된다.

바틀비는 1850년대 뉴욕 월가의 한 법률사무소에 고용된 필경사였다. 당시의 필경사는 일종의 인간 복사 기계나 마찬가지였다. 창작과는 달리 고정된 법률 문서를 고용주의 지시대로 그저 베껴 쓰는 건조한 필기노동을 하는 사람들 말이다.

소설 속 화자이기도 한 이 법률사무소의 소장이 자기가 본 가장 이상한 필경사인 바틀비 이야기를 서술하는 구조다. 소장은 그저 안락한 삶을 인생 최고의 목표로 아는 보통의 사람이다. 인내심과 인정은 있지만 사회적 약자의 권리 따위는 관심 밖이고 재벌과 사업가들의 재산을 지키는 대가로 돈을 모은 속물적인 변호사인 셈.

그는 바틀비란 젊은이의 첫인상을 '창백할 정도의 단정함, 애처로울 정도의 기품, 그리고 치유할 수 없을 정도로 버림받은 자의 모습'이었다고 기억한다.

처음에 바틀비는 밤낮으로 엄청난 양의 문서를 기계처럼 필사해대어 그를 만족시킨다. 하지만 얼마 안 가서 그가 바틀비에게 다른 필경사가 쓴 문서 교정을 시키자 바틀비는 온화하고 굳은 목소리로 "안 하는 편을 택하겠습니다."라고 대답한다. 고용주의 지시에 따르는 것이 고용인의 일반적인 관례 아닌가. 선택할 권리나 왜라는 질문이 소용없는. 그런데 바틀비는 무슨 연유인지 매사에 "안 하는 편을 택하겠습니다."라고 말한다. 우체국에 좀 다녀오라고 해도 옆방에 좀 가 있으라고 해도 똑같은 말을 되풀이하며. 외출 따윈 하지 않고 그의 사무실 한구석에 눌어붙어 살았으며 최소한의 식사로 연명했다. 얼마 지나지 않아 소장은 일요일이면 월가 전체가 텅 비어 버리는 자신의 사무실을 바틀비가 집 삼아 살고 있었다는 것을 알게 된다. 소장은 생전 처음 찌르듯 아픈 슬픔에 휩싸였지만 곧 연민과 혐오 속에서 심하게 갈등하다 그를 쫓아내고 만다. 그러나 그는 사무실을 떠나지 않는 편을 택한다. 결국 소장은 그를 피해 사무실을 옮겨버린다. 그래도 그는 여전히 그 자리에서 꼼짝 않고 버틴다. 마침내 빌딩주인이 바틀비를 부랑자로 고발하여 구치소에 수감된다. 소장이 구치소에서 온 쪽지를 받고 면회를 가게 된다. 바틀비는 소장에게 "나는 당신을 압니다." 하고 외면한 채 말한다. 그러고는 "하지만 당신에게 어떤 말도 안 하고 싶습니다."라고 덧붙인다. 소장이 사식업자에게 뇌물을 주고 바틀비를 잘 봐달라고 부탁까지 했지만 바틀비는 이제 식사를 안 하는 편을 택한다. 자신의 삶까지도 거부하면서 굶어 죽어간 것이다. 소장은 바틀비가 법률사무소에 오기 전까지 어떤 삶을 살았는지 전혀 모른다. 그가 죽고난 뒤 그저 풍문으로 예전에 수취인 불명의 편지를 취급하는 우체국의 말단 직원이었는데 해고되었다는 확인되지 않은 사실을 알게 될 뿐이다. 가슴에 저릿한 통증이 남는 부분은 바로 이 지점이다. 편지 지 속에 든 반지, 지폐 한 장, 뒤늦은 용서, 이 모든 편지의 수취인은 이미 죽고 없다. 그런 배달 불능의 편지를 태우는 바틀비의 절망은 얼마나 깊어져갔던 걸까. 이제는 죽고 없는 바틀비를 회상하면서 화자는 "오 바틀비여, 오 인간이여"라고 탄식하며 소설은 끝난다.

어쩌면 바틀비는 수취인 불명의 편지를 "안 태우는 것을 택하겠습니다." 하는 바람에 쫓겨난 건지도 모를 일이다. 바틀비 트라우마의 1차적 원인은 바로 그 수취인 불명의 편지가 아니었을까 하는 생각을 해본다. 트라우마가 깊어지는 것은 2차적 사건에 의해서라고 한다. 잘 익은 토마토 같은 자식들을 잃은 세월호 유가족에게 "나라를 위해 목숨 바친 것도 아닌데 무슨 의사자냐", "왜 유가족은 청와대에 가서 시위하나. 유가족이 무슨 벼슬 딴 것처럼 쌩난리 친다. 이래서 미개인이라고 욕을 먹는 거다." 따위의 말도 안 되는 비난을 퍼붓는 사람들. 이런 2차적 사건 때문에 유가족들의 트라우마가 깊어진다는 것이다. 바틀비 또한 원치 않는 교정을 요구하는 자본주의 체제의 압박이 트라우마를 깊이 만든 것은 아닐까 생각해본다.

결혼 생각

정미경의 「내 아들의 연인」

...

아이를 가져 배불렀던 시절엔 길 나서면 임신부들만 죄 눈에 들어오곤 했는데, 요즈음은 결혼 앞둔 아이들의 연애 이야기가 자주 귀에 꽂힌다.

딸아이에게서 친구 A의 이야기를 들었다. 연애 중인 A. 어느 날, 남자친구의 자취방에 갔다가 우연히 페이스북 채팅창이 열려 있는 것을 보았단다. 남자친구와 그의 엄마가 채팅 중이었다. A는 그만 못 볼 것을 보고 말았다.

엄마: 어디서 지방대학 출신에 그런 가난뱅이를 골랐니? 물건을 사도 호텔 명품관에서 산 거랑 시장바닥 좌판에서 산 건 하늘과 땅 차이야. 촌놈인 너네 아빠도 나 같은 일류대학 출신하고 결혼했는데 너는 뭐가 부족해서 그런 시장바닥 좌판에 널린 싸구려를 찔러보니?

아들: 누가 개랑 결혼한대? 지금은 그냥 좋은 감정으로 사

귀고 있는 중이라고요.

　엄마: 그러다 애라도 덜컥 생겨서 발목 잡히면?

　아들: ……

　아, 이 막장 드라마에서나 한 번쯤 들었을 법한, 지독히 통속적인 대사. 그런데도 A는 한순간 난해한 부조리극 대본을 보는 것 같았단다. 다른 사람도 아닌 사랑하는 사람을 낳아준 어미가, 자신을 어물전 물간 꼴뚜기 찔러보듯 하는 현실이 믿기지 않았다고. 딸아이에게 이야기를 전하는 A가 내내 울고 있었다고. 그 이야기를 듣고, 나는 마치 내 딸이 당한 일처럼 참혹했다. 그보다 더 기막힌 건 남자친구의 태도였다. 정면으로 맞서서 어미를 자극하지 않으려고 한 발 뒤로 물러선 거라 이해했다가도 섭섭하고 아쉬운 마음은 가시지 않았다. 학벌과 재력으로 사람을 판단하는 건 비열한 짓이라고, 직언할 용기는 없었을까. 아니 어쩌면 그는 이미 어미의 속물근성에 길들여진 '두 개의 자전거 바퀴'처럼 닮은꼴은 아닐까 하는 생각. 채팅 내용만으로 내가 너무 속단한 걸까.

　정미경이 쓴 소설 『내 아들의 연인』에는 찢어지게 가난한 여자친구를 사귀는 아들이 나온다. 그걸 지켜보는 중산층 주부가 화자인 '나'이다. 무허가 컨테이너에 사는 도란이. 그녀는 '크리넥스 뽑아 코 풀 듯 돈을 쓰는 그 동네 아이들'과 달리 가난에 주눅 들지 않고 주체적으로 살아간다. 아들은 자신과 다른 그녀에게 매료되어 결혼하길 원한다. '나'는 가난 때문에 그녀와 헤어지는 일은 없을 거라고 자신하는 아들 앞에서, 컨테이너가 마음에 걸리지만 속물근성을 함부로 드러낼 정도로 천박하진 않다. 이 어미는 앞의 엄마와는 달리 자신과 아들이 '두 개의 자전거 바퀴처럼 닮았다'는 사실을 이미 알고 있다. 그 때문에 아들의 선택에 느긋하다. 자신이 허름한 재수생을 외면하고 자수성가한 사업가와 결혼했듯이, 아들 또한 컨테이너를 극복하지 못하리란 것을 안다. 처음에는 매혹으로 다가왔던 그 '다름'이 나중에는 갈등이 되어 둘은 결국 헤어지고 만다. 컴퓨터 다이어리에 써놓은 아들의 변명을 읽으면서 '나'는 내심 그것 봐라 하는 심정이다. '나'는 독백한다. 넌 개의 가난이 싫은 거야. 간단한 얘기 복잡하게 하지 마라. 내 자식인데 그 속을 내가 모르겠니.

'나'는 도란이에게서 풋풋했던 자신의 젊은 날을 떠올린다. 그러고는 자기 반성의 시간이 찾아온다. 하지만 그것은 그리 오래가지 않을 것이다. 현실은 냉혹하게도 너무나 쉽게 관성을 회복하기 때문이다.

A나 소설 속 도란이가 처한 현실은 부조리하다. A와 남자친구가 그 이후에 어떻게 되었는지는 확인해보지 않아서 알 수 없다. 그러니까 A의 심정은 그저 짐작으로만 알 뿐. 또 소설 속 도란이는, 사랑하는 사람과의 계급 차이를 극복하지 못하고 돌아선 남자친구(아들)를 어떻게 이해했을까. 도란이

는 시종일관 두 모자에게 관찰될 뿐이어서 그녀의 관점은 충분치 않다. 만약 그녀가 초점화자가 되었더라면 어떤 층위의 이야기가 나왔을까 생각해본다.

히라나 오리자는 연극 〈결혼〉(원제: sudenly married)에서 카프카의 변신을 패러디한다. 극 중 두 남녀는 어느 날 자고 일어나니까 벌레로 변신한 그레고리 잠자처럼 자신들도 자고 일어나 보니 부부가 되어 있더라고 너스레를 떤다. 아무런 짓도 하지 않았는데 부부가 되어 있는 극 중 현실을 보고 있자니 결혼이 점점 더 부조리하게 느껴진다.

어수선한 시절에 짧은 글들을 묶는다.

등단 이후, 주로 신문에 연재했거나 문예지 청탁으로 쓴 글들 가운데에서 추리고 골랐다. 세상살이에 대해 제 주장을 내세운 글보다는 일상 가운데서 느낀 생각이나 소소한 감정들을 풀어낸 글이 대부분이다.

나의 시절 인연들이며 사물, 공간에 대한 기억, 그림이나 책을 통해 느낀 단상이 그것들이다. 산문 중 몇 편은 소설로 풀어내어 발표했다. 늘 소설 생각이 머리를 떠나지 않다 보니 짧은 산문에도 이야기가 들어갔다.

마감에 맞춰 급히 마무리했던 부분은 손을 좀 보았다. 그런데도 타이탄 트럭에 실려 가는 자취방 이삿짐같이 남루해 보여 민망하다. 그게 내 살아온 살림살이의 민낯인 걸 인정하는 수밖에 어찌겠는가. 부끄러움을 슬쩍 감추는 수밖에.

돌아보면 무엇 하나 제대로 해낸 것 없는 삶을 살았다는 생각이 든다. 특히 작가로서의 게으름이야말로 변명할 여지가 없다. 빛나는 아침 같은 소설을 쓰겠다는 둥 뜨겁게 살고

열심히 쓰겠다는 둥 제멋에 겨워 지키지 못할 약속들을 남발
한 생각을 하면 낯이 붉어진다.

일상에 걸려 자주 넘어지고 슬럼프에 빠져 허우적댈 때마
다, 글 쓰지 않는 비겁한 엄마를 상상할 수 없다고 다그치던
딸을 생각했다.

내 글에 등장하는, 살아가면서 만난 안타깝고 다정한 사람
들의 얼굴이 떠오른다. 기억이 엷어졌다고 해서 어찌 그들을
잊을 수 있겠는가. 동백꽃처럼 빨갛게 멍들지 않은 가슴이
어디 있을까. 울다 지친 수많은 밤을 보내고 아침을 맞을 세
상의 모든 동백아가씨들에게 안부를 전하고 싶은 연말이다.
그들에게 보잘것없는 나의 글이 한 줌의 위안이 되어준다면
더 바랄 게 없겠다.

구텐탁, 동백아가씨!

2017년이 저무는,
광안대교가 보이는 카페에서
정우련

구텐탁, 동백아가씨

초판 1쇄 발행 2017년 12월 28일

지은이 정우련
펴낸이 강수걸
기획 이수현
편집장 권경옥
편집 정선재 윤은미 박하늘바다 김향남 이송이
디자인 권문경 조은비
펴낸곳 산지니
등록 2005년 2월 7일 제333-3370000251002005000001호
주소 부산시 해운대구 수영강변대로 140 BCC 613호
전화 051-504-7070 | 팩스 051-507-7543
홈페이지 www.sanzinibook.com
전자우편 sanzini@sanzinibook.com
블로그 http://sanzinibook.tistory.com

ISBN 978-89-6545-462-5 03810

* 책값은 뒤표지에 있습니다.
* 이 도서의 국립중앙도서관 출판예정도서목록(CIP)은 서지정보유통지원시스템
홈페이지(http://seoji.nl.go.kr)와 국가자료공동목록시스템(http://www.nl.go.kr/
kolisnet)에서 이용하실 수 있습니다.(CIP제어번호: CIP2017033270)
* 본 도서는 2017년 한국문화예술위원회, 부산광역시, 부산문화재단
지역문화예술특성화지원사업으로 지원을 받았습니다.